KB275018

별과 달과 당신과

별과 달과 당신과

미래수필 13

별과 달과 당신과

이영희

미래문화사

책을 내면서

1996년 5월에 《호수 위로 흐르는 사랑》이라는 제목으로 첫 수필집을 낸 후 이번에 두 번째로 《별과 달과 당신과》라는 수필집을 출간하게 되었다.

누군가의 가슴속에서 보고 듣고 느낀 것들을 내 나름대로 애써 적은 글들이기에 나를 아껴 주시고 사랑하여 주시는 독자들에게 보답하고자 또 한번의 용기를 갖게 되었다.

나를 이만큼 키워 주신 민안신문사 정수인 사장님과 미래문화사 임종대 사장님, 그리고 출판에 애써 주신 모든 분들께 고마운 마음을 전한다.

특히 고난과 어려움의 역경 속에서 딛고 일어설 수 있는 힘을 내게 주신 유영만 회장님과 미리내 성지 수녀님들, 그리고 표지화를 그려 주신 남헌 서정철 화백님께도 감사드린다.

달과 별과 함께 사랑으로 나를 지켜준 남편에게도 비록 작은 선물이지만 내 생명 다하는 그날까지 이 한 권의 책으로 마음을 바치고 싶다.

2000년 5월
노곡 문예촌에서
소화 이영희

차례

제3부 아, 삶의 향기여

제1부
·
별 하나의 행복

별 하나의 사랑

스승과 제자들의 뜨거운 눈물의 이별은 끝이 없었다. 30여 년 간 몸담아 온 정든 학교를 영구차에 실려서 돌아보는 침묵의 향기…. 사랑하는 이여, 오래 전부터 당신을 쉬게 하고 싶었습니다.

풀벌레 소리에 외로움 짙은 가을 밤 하늘의 별들을 쳐다보며 정답던 옛 친구의 외로움을 생각해 본다.

지금쯤 머리맡에 놓인 성서를 펼쳐들고 이 세상 사람이 아닌 남편을 위해 기도하고 있을 가련한 친구를 생각하니, 가슴 저며 오는 아픔에 커다란 허무감 속으로 빠져 들어감을 느낀다. 여인으로서 성숙된 삶의 노래를 이제야 조금은 알 것 같다.

내가 사랑하며 그토록 아꼈던 친구는 교사 부부로서, 학교에서나 성당에서나 많은 교우들 속에서 유난히도 돋보이는 멋진 한 쌍이었다.

나와 친구 영숙이는 처녀 시절부터 함께 자취를 했다. 서로의 직장이 가까워서 점심 시간이면 도시락을 들고 덕수궁 뜰 아래서, 늘 똑같은 반찬이었지만, 우리는 우습게도 서로의 것을 나눠 먹고는 했다. 그러다가 어쩌다 눈빛이라도 마주치던 빙그레 미소 지어 주는 친구의 모습이 너무나 예뻤었다. 목소리도 고왔고, 여고 시절부터 벌써 《몸부림치는 진실》이라는 책으로 이름을 날렸었다. 그리고 MBC 문화방송 주부 시간의 프로에서도 친구가 직접 소설을 낭독하였었다.

친구는 야간대학 국문과를 졸업하고 파주에 있는 여중학교 국어 선생님으로 발령받아 훌쩍 내 곁을 떠나갔었다. 나와 함께 보라색을 좋아했던 친구는 늘 들국화를 좋아했었다.

토요일이 돌아오면 부산에 계시는 부모님이 그리워서 부산행 열차를 타고 내려갈 때면, 운이 좋은 날에는 철도청에 근무하셨던 작은 오라버니랑 함께 탈 수 있는 영광도 얻는다. 밀렸던 이야기를 반도 채우지 못하고 도착될 때가 많았다.

어머니는 영숙이와 함께 자취할 때는 걱정을 않으시더니 영숙이가 훌쩍 떠난 뒤부터는 나를 볼 때마다 부산으로 내려와서 근무하라고 성화셨다.

그럴 때면 때로는 객지생활의 외로움이 싫어서 부모님 곁으로 내려가고 싶기도 했지만, 한편으론 친구와의 이별이 싫어서 그만두기로 했다. 그렇게 서울에 근무하면서 우리는 주말이면 파주와 서울에서 서로 만났다.

그러던 어느 날 영숙이가 멋진 남자를 내게 선을 보였다. 같은 학교에서 처녀 총각 선생님으로 만났으니, 서로의 외로움을 덜어 주기 시작하면서 사랑을 하였단다. 급진적으로 이루어진 사랑의 불꽃이 진하게 타오르며 행복에 젖은 친구의 모습을 보니 무척 예뻐 보였다. 그리고 그때처럼 친구를 부러워해 본 적도 없다.

나는 손뼉을 치면서 결혼하라고 재촉하였다. 미남에다가 일류 대학 출신에 서로를 위하며 함께 가는 길인데 무엇이 두렵고 망설이느냐고 물었더니, 장남인데다 부모님이 일찍 세상을 떠나시고 남동생 둘에 여동생이 둘씩이나 있는데 어떻게 함께 살아가느냐고 울상을 지었다.

그래서 나는 친구에게 용기를 주었다. 사랑에는 계산적이고 물질적인 사랑보다는 영적인 사랑이 더 중요하니 그 사랑의 아름다움을 병풍처럼 예쁘게 펼쳐 보라고 했다.

친구는 용감하게도 시동생 둘에 여동생 둘까지 공부시키며 뒷바라지했는데, 그래도 얼굴 한번 붉히지 않았다. 그리고 아들 하나 낳아서 살림살이는 큰 시누이한테 맡기고 맞벌이 부부로 열심히 살았다.

큰 시동생은 목사로, 작은 시동생은 치과 의사로, 두 시누이는 시집보낼 때까지 정말 뼈아프게 살았다. 그녀는 수도꼭지를 늘 아기 오줌 싸듯이 조금씩 밤새 고여 있도록 큰 물통에다 받으며, 절약에 또 절약을 하는 습관이 몸에 밴 훌륭한 친구였다.

그런 사랑하는 친구가 가을을 재촉하는 가을 비 속으로 남편을 땅에 묻었다.

그 동안 친구 몰래 지병을 앓고 있었는데, 학교 수업 시간에 제자들이 보는 앞에서 쓰러져서 병원으로 가는 도중에 병원차 속에서 홀로 쓸쓸히 돌아가셨다 한다.

친구의 슬픔은 보는 이로 하여금 애처로움을 더하게 하여 모두들 손수건으로 눈물을 닦았다.

스승과 제자들의 뜨거운 눈물의 이별은 끝이 없었다. 30여 년 간 몸담아 온 정든 학교를 영구차에 실려서 돌아보는 침묵의 향기…….

사랑하는 이여, 나는 오래 전부터 당신을 쉬게 하고 싶었습니다.

"피곤에 지치고, 병마에 시달리는 당신을 내 어찌 못 쉬게 하였는지요."

하고 관에 매달리는 친구의 작은 메아리는 나를 슬픔의 도가니로 몰아넣었다.

친구야! 너를 생각하면 가슴이 아파서 하늘 빛깔마저 아프다.

사랑은 주고 또 주어도 가슴에 남고 모자라는 시간…….

친구야, 발을 구르며 더 높이 날고 싶어도 날지 못하는 이승과 저승의 갈림길이지만, 네 가슴에 남아 있는 사랑의 빛깔로 내일을 위해 단단한 의지로 살자꾸나.

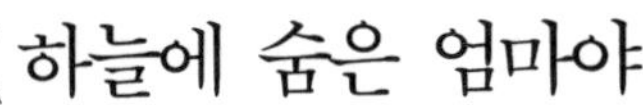

하늘에 숨은 엄마야

"엄마야" 하고 하늘을 향해 불러 보지만 대답이 없다. 사랑은 주는 것이지 받는 것이 아니다. 맹목적인 사랑만이 빛이 될 수 있고 소금이 될 수 있다.

어린 준호가 하늘을 쳐다본다.

밤 하늘에는 수없이 많은 별들과 달님이 예쁘게 하얀 밤을 밝혀 주고 있다.

내일은 소풍을 가는 날이다.

그런데 어린 준호에게는 걱정이 생겼다.

일학년 반 친구들은 모두가 엄마의 손을 잡고 소풍을 갈 텐데 준호만이 엄마가 없다.

준호는 학교에 찾아온 예쁜 젊은 엄마들만 보면 심술이 나서 같은 반 친구들을 마구 때려 준다.

그러면 선생님께 불려나가 야단을 맞는다.

오늘도 학교에서 친구들과 싸우느라 책가방도 옷도 모두가 흙투성이가 되어 버렸다.

"엄마아 - "

하고 하늘을 향해 불러 보지만 대답이 없다.

나는 작은 딸아이로부터 자기 짝꿍에 대해서 늘 불만스러운 이야기를 듣는다.

"어머니, 준호는 공부 시간에 장난만 치고, 반 친구들을 때려서 코피나게 하고, 싸움을 잘해서 아무도 짝이 되어 주질 않아요."

하고 내게 호소를 할 때마다, 너는 준호보다는 행복하니까 모든 것 감싸주고 그애가 필요하다는 것은 빌려주고 함께 잘 놀아 줘야 한다고 말해 주곤 한다. 그러면 딸아이는 대뜸 싫다고 울상을 하면서 고운 얼굴을 찡그린다.

"그 친구가 그렇게도 싫으니? 왜 싫은지 이유가 있을 것 아니냐?"

하고 조용히 물어 보면 괜히 심술을 부리고 자기만 옳다고 주장을 내세우고, 연필을 분질러 놓고 지우개도 두 동강으로 만들어서 주는 것이 싫다고 했다.

소풍날 아침이다.

딸아이의 손을 잡고 운동장에 모여 있는 엄마들 곁으로 가 보았더니 심술꾸러기 준호는 할머니의 손을 잡고 서 있었다.

준호의 얼굴에는 장난기가 가득해 보였다.

소풍길의 버스 안에서 나는 준호 할머니랑 짝이 되어 먼 거리를 가면서 이런 얘기 저런 얘기를 하다가, 준호에 대한 딱한 사정 이야기를 듣게 되었다.

두 사람이 아주 어린 나이에 만나서 정말 철부지의 사랑을 하다가 처녀 엄마는 준호를 낳고 몇 달 후에 아무 말 없이 집을 나가 버리고 젖먹이 준호를 할머니가 우유를 먹이면서 길렀는데 어려운 일에 부딪칠 때마다 아들을 원망하셨다 한다.

그러나 지금은 어려움 속에서도 손주의 커가는 모습을 보면서, 다리 한쪽을 못 쓰는 남편을 뒷바라지해 가면서 살아간다고 했다. 이런 딱한 사정을 듣고 난 나는 할머니께 우리집 일을 도와주시면 조금이라도 생활에 보탬이 되도록 해드리겠다는 말씀을 드렸다. 그러자 할머니는 TV를 보면서 어린 아이들이 '엄마'라고 부르면, 준호도 '엄마, 엄마' 하고 흉내를 내면서 큰소리로 불러 보는 손주가 그렇게도 측은해 보일 수가 없다고 하면서 눈시울을 적시는 것이었다.

나는 할머니가 우리집 일을 도와주러 나오시는 날, 준호의 엄마가 되어 주기로 했다.

처음에는 나의 두 딸아이가 완강하게 반대를 했다. 그 이유 중 하나는 자기들에게 주는 사랑이 작아지지 않느냐는 것이었다. 그래서 나는 똑같이 사랑을 나눠 줄 수 있다는 자신감을 주었다.

막내딸을 오른쪽 무릎에 앉혀서 작고 예쁜 궁둥이를 툭툭 쳐 줄 때는 준호도 왼쪽 무릎에 앉혀서 톡톡 쳐 주었다.

어린이날에는 똑같이 새 옷을 한 벌씩 사서 입혀 주고 용돈도 조금씩 나눠 주었다.

학교 수업을 끝내고 할머니가 일을 하는 모습을 볼 때는 뛰어가서 잔심부름도 하는 착한 준호가 되어 가는 작고 귀여운 모습을 보면서, 나는 마음속 깊이에서 흐뭇해지는 감정을 느꼈다.

작은 일에서부터 하나씩 남에게 보탬이 된다는 것은 사람의 기쁨이다.

그토록 준호가 부르고 싶었던 엄마라는 소중한 이름이 요즈음은 샘물 흐르듯이 가볍게 나에게 엄마라고 부른다.

준호가 일요일을 기다리는 시간은 우리 가족이 함께 나들이를 하는 저녁 미사 시간이다.

처음에는 일초도 가만히 앉아 있지 못하는 모습을 바로잡아 주기 위해서 성스러운 미사 시간을 어떻게 보냈는지 모른다.

"바로 앉아라. 조용히 하여라."

그 어려웠던 시간들이 지나가고 이제는 두 손 모으고 곧잘 기도를 한다.

나는 사랑은 주는 것이지 받는 것이 아니라고 생각한다.

앞으로도 맹목적인 사랑만이 빛이 될 수 있고 소금이 될 수 있다는 생각으로 살아가련다.

고3 학년생을 위한 기도

지혜는 어둠 속에서 절망의 늪을 헤매고 있었다. 몸은 공부 때문에 여위고, 머리도 아파 오고, 시험을 치러야 할 시간은 다가오고……. 지혜는 고3병을 앓고 있었다.

해마다 입시철이 되면 고3 학생들은 가슴앓이를 한다.

바람에 서걱이는 마른 잎새를 밟으면서 어머니들 또한 가슴과 마음이 저녁의 노을빛처럼 타오른다.

자녀를 사랑한다는 것, 흐르는 물처럼 세월의 강물에 모든 것이 허망하게 끝이 난다 하여도, 자식을 사랑하는 어머니의 마음은 아무도 뺏을 수 없는 신의 마음과도 같이 헌신적이며 희생적이다. 그것은 고통을 소리내어 말하지 않는, 어떠한 말로도 그릴 수 없는 자식에 대한 어머니의 사랑이다.

자식들이 부모님의 마음을 이해한다고 말하지만, 서로에게 얼마나 고맙고 소중한 존재인가를 과연 조금이라도 헤아릴 수가 있을까?

어느 날 아침 일찍 나는 가까운 친구의 부름을 받았다.

그녀의 목소리는 가라앉아 있었고, 무엇인가의 아픔에 고통받고 있다는 것을 전화 목소리에서 금방 알 수 있었다. 너무 바쁜 탓에 시간을 낼 틈이 없었지만, 친구의 마음이 너무나 간절한 것 같아서 찾아갔다.

가을 꽃들이 어여쁘게 피어 있는 뜰 앞에서 서성이는 작은 체구의 그녀는, 큰 감나무 밑에서 잎새가 떨어져 금방이라도 떨어질 것만 같은 빨갛게 익은 감을 쳐다보고 있었다.

그녀의 행동으로 보아서 틀림없이 걱정거리가 생겼나 보구나 생각하면서, 친구의 작아만 보이는 어깨를 살며시 다가가 안아 주었다. 그러자 놀라워하면서 등을 돌리는 친구는 울고 있었다.

"웬일이니? 네가 울 때가 다 있고."
하면서 차가워진 손을 맞잡아 주었다. 현관에 들어서니까 뜻밖에도 학교에서 공부하고 있어야 할 외동딸의 신발이 가지런히 놓여져 있었다.

친구 딸아이의 방문을 열려고 하자 안으로 방문이 잠겨져 있었고 울고 있는 흐느낌의 소리가 들려 왔다.

"지혜야, 문 열어 봐. 무슨 일이 일어났는지 아줌마가 알면 안 되니? 나랑 이야기 좀 해 보자, 응?"
하면서 나는 문을 두드렸다. 친구는 몸을 떨면서 딸아이의 방에서 찾아내 온 약을 한 웅큼 손에 쥐고 있었다.

나는 직감적으로 알 수 있었다.

지혜가 고3병을 앓고 있구나. 그와 함께 친구도 함께 고통스러워하며 가슴앓이를 하고 있다는 것을 눈치채고는, 열쇠를 갖고 오라고 해서 문을 따고 방안으로 들어갔다.

지혜는 어둠 속에서 절망의 늪을 헤매고 있었다. 몸은 공부 때문에 여위고, 머리도 아파 오고, 시험을 치러야 할 시간은 다가오고…….

알고 보니 다른 과목은 자신이 있는데 영어·수학이 뒤떨어져서 그 두 과목을 하다 보면 시간이 모자란다는 것이었다. 부모님이 원하는 대학을 도저히 갈 수가 없고, 여태껏 자기 하나만 바라고 살아온 부모님의 크나큰 기대감에 실망하실 모습을 생각하면 죽고 싶다는 것이었다.

학교에 가서 게시판만 바라보아도 압박감에 가슴이 아파 오고 머리는 무겁고 우울증에 걸려 힘이 드는데, 어머니는 딸의 마음도 모르고 뒤떨어지는 점수만 가지고 걱정을 하시니 그 모습을 바라만 보아도 살고 싶지 않다는 것이었다.

그래서 약방마다 찾아다니면서 수면제를 한 알씩 모아 둔 것이 어머니한테 들켜 버리고 말았다면서 지혜는,

"아줌마, 나 어떻게 하면 좋아요? 정말, 힘이 들고 죽고 싶다는 생각만 나를 괴롭혀요."
하면서 내게 안기는 것이었다.

나는 지혜를 포근하게 내 가슴에 안아 주면서 조용히 말했다.
"지혜야, 공부만이 인생의 전부는 아니란다. 건강한 몸, 건강한 정신이 첫째가 아닐까?"

나는 서로의 마음을 비워 내자, 그 빈자리에 채워 둘 것을 생각해 보자 하면서 친구를 불렀다.

세 사람이 앉아서 마음의 문을 열고서 어려운 문제를 대화로

풀어 나가기 시작했다. 그러자 점차 지혜의 눈빛이 달라지고 입가에 엷은 미소가 그려졌다.

부모와 자식간의 사랑이란 너무나 가까이에서 바라보기 때문에 오히려 소홀하기 쉽다. 그것을 대화로써 풀어 나가면 새로운 사실을 알게 되고, 새로운 눈으로 바라보면 새로운 마음으로 아픔을 풀 수 있다는 기쁨이 삶의 보람을 맛보게 했다.

학교 공부 때문에 성당 미사도 참여하지 못했던 지혜는,

"오늘 고3 학생들을 위한 특별 미사가 있어요. 어머니, 아줌마와 함께 가 주세요."

하면서 우리 두 사람의 팔을 붙들면서 미소를 머금었다. 그 모습이 너무도 청순하고 향기로웠다.

지금 나는 고3 학생들을 위해서 기도한다.

우리의 자녀들은 '죽고 싶다', '지겹다', '그저 그렇다', '별것 아니야' 등의 말로 몹시 지쳐 있다. 수험생 자녀들에게 우리는 부모로서 힘에 겨운 짐을 들어 주고, 시험에 임할 때는 너무 덤비지도 말고 느리지도 않게 차분한 마음으로 임할 수 있도록, 마음의 등불을 밝혀 오늘을 새롭게 살아갈 수 있도록 매일 기도하자.

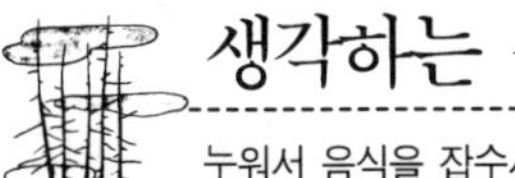

생각하는 삶

봄꽃이 피어난다.

노오란 빛, 흰빛, 꽃자루 빛깔이 아주 예쁘고 산뜻하게 피어서 빛을 잃고 절망과 고통 속에서 헤매는 이웃들에게 새 빛을 만나도록 기도하고 있다. 그 모습이란 참으로 거룩하고 아름답기 그지없다.

봄꽃의 향기로움은 타인의 행복을 위하여 기도하는 사람과 몸이 불편해서 일어나지 못하는 환자들에게 손과 발이 되어주는 일을 기쁨으로 여기는 참봉사자들의 숭고한 모습 안에서만 맡아 볼 수 있는 내음새다.

며칠 전 안성농협 주부대학에서 자매결연을 맺은 '밝은집'으로 동창생들과 함께 나란히 방문을 하였었다.

지난해에 심어 준 잔디밭의 푸른 새싹들의 모습을 보고 싶기도

하고, 우리의 작은 힘을 모아서 호미질을 열심히 하면서 가슴 뿌 듯해 하던 그날의 기쁨을 다시 한번 되새겨 보기 위해서였다.

우리들은 모두가 간편한 복장으로, 오늘만큼이라도 바쁜 시간 을 쪼개어 봉사하리라는 마음으로 갔었다. 그런데 왠지 마음 한 구석이 텅 비어 있는 것만 같아서 아려 오는 아픈 마음을 속일 순 없었다.

봄볕이 따뜻하였지만, 올해는 유난히도 기온의 변화가 많아서 인지 봄꽃들이 늦게 피는 것 같았다.

조용한 미소로 우리를 맞이해 주는 목사님 내외분과 양로원의 어머니들이 우리들의 손을 꼬옥 잡아 주셨다.

지난해에 일층 건물만이 외롭게 서 있던 빨간 색깔의 집이, 올 해에는 2·3층으로 높이 올라가고 있었다. 그 모습은 나를 무척 이나 슬프게 하였다.

건물이 크게 높아진다는 것은 그만큼 편리한 시설이 갖추어지 기 때문에 기쁜 일이다. 그리고 어느 한 분이라도 불편함 없이 살 다가 하늘나라로 간다는 것은 모두가 바라는 거짓 없는 작은 소 망이다.

그러나 내가 바라는 것은 어른들이 양로원이라는 곳으로 가지 않고 자식들로부터 귀하게 여김을 대접받고 살아가는 아름다운 모습을 더 많이 보고 싶은 것이다. 나의 욕심이러나.

부엌에서는 맛나는 음식을 만드느라 분주하였고, 밖에서 작은 리어카에다 흙을 실어 나르면서 잔디를 더욱더 푸른색이 짙은 넓 은 마당으로 만들기 위해 작업을 하고 있었다. 그런 모습에서 나는 놀랍게도 다른 사람들의 마음을 조금이라도 기쁘게 해 주고 싶다는 행복의 풍요감이 밀려오고 있음을 느낄 수 있었다.

겨울 항아리에서 입맛을 돋우었던 김치를 씻어서 쫑쫑 썰어 두고, 밀가루 반죽을 해서 후라이팬에다 기름을 두르고 김치전을 부치는 손놀림이 무척 바쁘다. 따뜻한 김이 모락모락 피어나는 김치전 한 쪽을 똑 떼어서 입안으로 넣는 이 맛이란 그 무엇에 비교해야 좋을지…….

동창생들의 손놀림이 합쳐져서 향긋한 음식 냄새와 함께 큰 상 가득히 음식상이 차려졌다.

"주님! 이 음식을 주셔서 감사합니다."

하고 기도하는 모습이 아름답다.

그나마 이 음식을 자기 손으로 잡수실 수 있는 분은 주님께 축복받은 삶이며 영광된 자리이다.

누워서 음식을 잡수셔야 하고, 남의 힘을 빌려야만 일어나 앉을 수 있는 모습을 보고 있자니 마음이 아려 왔다.

너와 나도 언제인가는 저 측은한 모습으로 이 자리에 와서 살아갈는지, 삶의 변화는 그 아무도 모른다.

몸을 움직일 수 없는 환자를 일으켜 드리는 일은 무척 힘이 들었다. 반찬을 골고루 먹여 드리는 시간 또한 인내심을 길러 주었다.

처음에는 이상 야릇한 냄새 때문에 함께 못 앉아 있을 것 같았는데, 옛날 어느 신부님이 내게 해 주셨던 말씀이 절박한 순간에 떠올랐다.

환자의 방에 들어갈 때는 코는 뒤에 들어가고 몸이 먼저 들어가야 한다는 말씀에 용기를 얻어 밥상을 들고 들어갔는데, 처음에는 도저히 앉아 있을 수가 없을 것만 같았다. 하지만 입술을 오무리고 참아내면서 밥과 미역국과 김을 섞어 가면서 천천히 먹여 드렸다.

봄의 향기가 머무는 곳에는 그윽한 감정의 꽃과, 마음이 맞닿는 곳에는 감각의 꽃과, 내가 다시 새로운 봄을 맞이할 때는 살아 있음에 대한 행복한 마음으로 불우한 이웃을 더욱더 사랑하리라.

봄의 새 얼굴

우리나라는 인과 예를 숭상하고 생명을 사랑하며 귀하게 여길 줄 아는 정이 많은 나라다. 그러므로 나 중심이 아닌 우리 중심의 정신적 뿌리가 우리들의 핏속에 흐르고 있다.

봄비가 내리더니 봄이 오는 것을 시새움이라도 하듯 꽃샘 바람과 추위가 몰아왔다. 그래서 세탁을 곱게 하고 예쁘게 걸어 둔 두터운 옷을 다시 입게 하는 변덕스러움을 안겨다 주었다.

계절따라 사람의 마음도 바뀌나 보다.

추위와 굶주림에 허기진 배를 움켜쥐고 나무 뿌리라도 캐어 생명을 이어가려는 보기에도 딱한 북한 동포들의 어려운 소식이 들린다.

우리들은 너무 먹어 살이 쪄서 뱃살을 빼느라 수영을 하고, 에어로빅을 하고, 일부러 밥을 굶는 사람이 늘어가고, 하루 두 끼만 먹으며 아침식사를 가벼운 우유로 마시고 학교로 직장으로 출근을 하는데 말이다.

그 덕분에 우리네 주부들은 아침식사를 준비하는 데 드는 노동과 시간을 많이 절약하는 기쁨도 있다.

'한국 이웃 사랑회'에서는 2만여 명의 고정 회원들이 '24시간 배고픔 체험하기'와 '한 끼 굶어 열흘치 식량 마련하기 위한 사랑의 굶기 운동'을 펼쳐 매월 1만 원 이상의 후원금을 내고 있다는 신문 기사를 읽었다.

그런데 북한은 우리가 보낸 쌀을 군량미로 쌓아 두고, 또 최근에는 휴전선 부근으로 전폭기 등 공격 무기와 부대를 전진 배치시키고, 북한 전역에 땅굴을 파고, 전쟁 준비를 90%로 완비해 두었다는 귀순자의 증언도 들었다.

굶주림과 추위에 지친 북한 주민이나 군인들은 이래도 죽고 저래도 죽을 바에는 차라리 전쟁이라도 해야 한다고 전쟁하기를 원하고 기다리고 있다는 무서운 이야기다.

우리가 살고 있는 이 땅 위에 두번 다시 전쟁이 일어나선 안 된다. 6·25와 같은 끔찍한 참극은 결코 재현시킬 수 없다.

우리가 살고 있는 땅 위에는 싸움이 없고 기쁨과 웃음이 넘치는 평화의 나라가 되어야 한다.

굶주림보다 더 큰 인간의 비애와 슬픔이 있을까?

우리는 우리들을 향해 호소하는 굶주린 이들의 부르짖음과, 우리가 배불리 먹고 버린 쓰레기통을 뒤지고 있는 사람들이 있다는 사실을 잊어서는 안 된다. 또 안일한 생각에 젖어 사치와 낭비를 일삼는 마음들을 정리해야 한다.

우리는 5천년 역사상 단 한 번도 남의 나라를 침략해 본 바 없이 평화를 사랑해 온 백의민족이며, 인과 예를 숭상하고 생명을 사랑하며 귀하게 여길 줄 아는 정이 많은 나라다. 그러므로 나 중심이 아닌 우리 중심의 정신적 뿌리가 우리들의 핏속에 흐르고 있다.

머칠 후엔 총선의 날이다.

정국이 어수선하고, 우리의 생업이 어렵고, 사회가 혼란에 빠지는 등 오늘의 우리 정치 현상을 걱정하는 국민들의 목소리가 들려 온다.

나라와 국민을 위해 어떤 일을 해야 할까를 생각하는 덕망 있고 능력 있는 출마자를 우리 손으로, 깨끗하고 소중한 한 표를 찍어서 선출해야 한다.

언젠가 신문에 난 사설란을 우연히 읽어 보았다.

'선거 출마자들의 얘기를 들어 보면 대부분이 손 벌리는 유권자의 문제를 고충 1호로 꼽는다고 하였다.

무슨 산악회 무슨 동호회 등의 이름을 대고 찾아와서는 표를 몰아 줄 테니 우리 행사에 참석해 달라며 손을 벌리는 경우가 있는가 하면, 아예 음식점 같은 데에 집단으로 모여서 회식을 하면서 대금 지불을 요구하는 등 표를 조건삼아 돈을 뜯어내려는 유권자가 의외로 많다는 것이다.

귀찮고 짜증이 난다 하여 요구를 거절하거나 소홀히 대하면 표를 안 주겠다고 하는 정도를 넘어서서 낙선 운동을 벌이겠다고 으름장을 놓기도 하므로 이래저래 난처하다는 것이 이들의 한결같은 하소연이다'라고 쓰여져 있었다.

나는 한숨이 절로 나왔다.

우리의 귀중한 권리를 돈으로 사고 판다는 것은 극소수의 사람
일 뿐이라고 믿고 싶다.

출마자들이 손을 내미는 대로 응해 주었다고 해서 그 귀중한
한 표가 자신의 것이 된다는 보장은 없다.

모든 출마자들이 유권자들의 손 벌리기에 일체 응하지 않기로
공동 결의하여서, 진실로 깨끗하고 공명정대한 표밭을 일구었으
면 하는 간절한 믿음과 소망을 국민의 한 사람으로서 부탁드리고
싶다.

시골 할머니의 쑥떡

돈이면 모든 것을 해결할 수 있다는 생각은 얼마나 어리석은가. 요즘 우리 아이들의 꿈과 낭만과 추억을 빼앗아가 버린 물질만능 시대의 오늘이 슬프기만 하다.

사월의 색깔은 노란색이다.

산에는 산수유꽃이 노랗게 피어 있고, 뜰이 있는 집에서는 개나리꽃 나무가 어여쁘게 봄단장을 하고 화알짝 피어 있다.

꽃이 피어 있는 이 아름다운 계절은 우리에게 많은 것을 생각나게 한다. 그리고 그림 속의 풍경화처럼 그 속에 나의 그림자가 담겨져 있다.

어린 시절 우리에겐 장난감이라고는 없었다. 손수 어머니께서 솜으로 머리를 만들고 조각 천으로 저고리와 치마를 만들어서 입힌 작은 인형이 고작이었다. 그것을 받아들고 너무나 좋아서 어머니의 품안을 파고들어 눈과 코와 입이 없다고 손으로 그려 보면 어머니는,

"아! 정말 없구나."

하시면서 숯 조각으로 인형의 얼굴 속에 그려 주시던 그 사랑이

무척 그리워진다.

우리의 어린 시절에는 어머니와 함께 있던 시간이 많았다. 집안 일을 하시면서, 모든 것이 어려웠던 시절이라 손수 지어 입으셔야 했던 옷이며 바느질까지 하셔야 했던 만큼, 늘 어머니의 무릎을 베고서 잠이 들면 바느질 손을 멈추고 이불을 덮어 주시던 사랑 어린 손길이 눈시울을 뜨겁게 한다.

요즘의 우리 아이들은 참으로 측은하다는 생각이 든다. 그들의 꿈과 낭만과 추억을 빼앗아가 버린 물질만능 시대의 오늘이 슬프기만 하다.

돈이면 모든 것이 해결된다는 생각은 얼마나 어리석은 생각인가.

책가방의 무게에 몸을 가누지 못하는 자식이 안타까워 아침이면 교문 앞까지 들어다 주는 어머니는 또 얼마나 힘겹겠는가.

인형이고 장난감이고 무엇이든 사달라고 보채는 아이들에게 생각도 없이 다 사주는 부모님들의 모습을 볼 때, 많은 것을 생각하게 된다. 사랑하는 우리 아이들에게 무조건 사주지 말고 우리 어머니들도 손수 한번 아이들과 함께 만들어 보았으면 한다.

그럴 시간이 있으면 '공부를 한 시간이라도 더 하라'고 할 텐데 무슨 말이냐고 하겠지만, 손으로 만든 것은 아이들에게 무한한 창작 능력을 길러 준다. 그리고 자기 손으로 무엇인가 만들어서 쓸 수 있다는 자신감을 심어 준다는 것을 알아야 한다. 이것이야말로 우리가 자식에게 베푸는 진정한 사랑이다.

부모가 자식을 사랑하는 마음은 아름답다.

어느 날, 가까운 곳에 여행을 다녀오면서 기차역에서 일어난 일이다. 마중을 나오겠다던 아이들과 내가 소중하게 생각하며 늘 나를 지켜봐 주시는 남편의 모습이 보이지 않았다.

일순간 나는 불안한 생각이 들었다. 도착 시간도 알고 가능한 한 약속을 잘 지키는 분이라, 여자의 예민한 반응이 짧은 시간 동안 여러 가지 불길한 생각들로 필름처럼 돌아가고 있었다.

공중전화 앞에는 많은 사람들이 줄지어 서 있었다. 다행히도 카드를 넣는 전화는 줄을 서지 않아도 사용할 수가 있어서 나는 그것을 사용했다. 집에다 계속 전화를 걸었는데 받지를 않았다. 그래서 수화기를 놓고 돌아서는데 그러는 내 모습 뒤로 남편이 빙그레 웃으면서 아이들과 함께 조용히 서 계셨다. 바로 그때 줄 지어 서 있는 사람들 옆에서 종이 쪽지를 한 장 들고 서성이는 할 머니 한 분이 눈에 띄었다.

할머니는 종이 쪽지를 주시면서 이 번호에다 전화를 걸어 주면 사례를 하겠다는 것이었다. 나는 그 말씀을 뒤로 한 채 다이얼을 돌려 드렸다. 그러자,

"얘 아가, 내가 도착했으니 데리러 나오너라."

하시면서 전화를 끊고서는 내 손을 잡으며 카드를 백에 넣고 돌아서는 나에게 전화 값을 받으라고 하신다.

"할머니, 전화요금은 안 주셔도 됩니다."

하고 사양했더니, 그럼 이거라도 가져가서 잡숴 보라면서 쑥떡을 보자기 속에서 꺼내 주셨다.

아들, 며느리 먹여 보겠다고 새벽 일찍 쑥떡을 빚고 콩고물을

묻혀서 갖고 오는 정성 앞에서 나는 그만 감탄하고 말았다. 집에 와서 그 할머니 이야기를 하면서 쑥떡을 먹는 묘미란 정말 둘이 먹다 한 사람이 죽어도 모른다는 옛 속담을 생각나게 했다.

아, 깨어진 꿈이여 자유여 생명이여

나라와 민족을 위해 산화한 순국 선열들과 전몰 장병들의 높은 뜻을 생각하여
우리의 가슴속에 감사하는 마음을 갖는 것은 마땅히 해야 할 우리의 도리이다.

오월의 마지막 날들이 수많은 이름들을 남기고 새로운 6월을 맞이하게 되었다. 새달을 맞이하는 마음은 왠지 가슴이 답답해져 오고 숨이 막힐 것 같은 긴장감이 우리의 주위를 맴돌고 있다.

6·25 전쟁이 일어났던 그해 그날을 돌이켜본다. 그날의 아픔 속에서 오늘도 북한은 쉬이 마음의 문을 열지 못하고 비무장지대 북측 지역에 기관총과 박격포 등으로 중무장을 하고 있다.

세계 유일의 분단 국가로 남아 민족사적 불행의 상징인 분단의 벽을 허물어 버리지 못함이 못내 아쉽다.

불안하고 초조한 마음으로 북한의 불법 남침으로 동족 살상이란 민족의 수난을 당한 우리는 그때의 고통과 수난을 잊을 수가 없다.

지금의 우리 꿈나무들은 전쟁의 아픔이 얼마나 뼈저리고 슬픈 동족사였는지 이야기나 책으로만 알고 있기 때문에 전쟁의 비참함을 알지 못한다.

모든 것이 변화되어 가는 사회가 우리를 나 하나만 잘살면 된다는 이기심으로 가득 차게 해 놓았다. 부정한 방법으로 재물을 모으려고 욕심을 부리는 과욕은 죄를 부르고 죄를 낳는 아픔만이 남게 할 뿐이다.

오늘 작은 딸아이가 학교에서 6·25에 대한 웅변대회를 한다고 열심히 소리 높여 외우고 있었다.

'초록으로 초록으로 나뭇잎이 자라고 아카시아의 달콤한 향내가 온 천지에 퍼져 나가는 6월을 맞이합니다'라고 선생님께서 열심히 설명하여 주신 그 말씀과 같다는 것을 그대로 솔직하게 나는 6·25에 대한 슬픈 역사를 말해 주었다. 그러면서 모윤숙 여사님이 쓰신 애국 시집에서 소나무 꺾어 흙 위에 '쓴 국군은 죽어서 말한다'라는 수필의 한 대목도 읽어 주었다.

그 당시 서울은 마구잡이로 몰아오는 광풍에 불타고 있었다. 바위 틈으로 하늘을 바라보다 평면으로 눈을 돌리면 서울은 송두리째 불구덩이 속에 있었다.

마치 어떤 함정으로 빠져 들듯이 그대로 꼬리를 쳐들고 몸부림치고 있었다.

나는 겁에 눌린 내 머리가 고통스럽다거나 피로하다는 것조차 알아차릴 수 없을 정도로 마비되고 있음을 느꼈다. 내 정신의 밑바닥엔 고함이나 반항 같은 것은 이미 사라져 버렸다.

내가 서 있는 바위 틈과 틈으로 이름 모를 벌레들이 우글거리고 있어 간지럽고 아픈 다리가 그대로 부어올랐다. 피하다 피하다 멈춘 곳이 광주 어느 산골이었다.

촌락 할아버지의 은혜로 보리밥과 풀로 된 밀가루죽을 얻어 먹으며 연명했던 나는 거기서도 견딜 수 없어 산으로 달렸다.

마지막 6·25의 발악 소리는 산과 마을들을 송두리째 쾅쾅 울리고 있었고 여기저기에선 국군과 인민군의 시체가 나뒹굴고 있었다.

웬일인지 국군은 군복을 입은 채였고 인민군은 동저고리에 바지를 입고 있었다. 희미한 흰색의 바지와 저고리들이었다.

그때 나의 짐작으론 수원 방향에서 올려 미는 국군이 후퇴하면서 산산이 흩어져 달아나는 인민군의 산중 소탕전이 아닌가 생각되었다. 죽은 국군이나 인민군들은 똑같이 한 나라의 얼굴을 하고 누웠는데, 그저 가슴이 찢어질 듯 당황되기만 했다. 그리고 고생스런 이 삶이 한없이 권태로웠다. 서로 죽이고 죽는 이 판국에 나는 살아 무엇할 것인가?

몸서리쳐지는 포탄 소리가 가까이서 멀리서 찌르는 듯 때리는 듯, 뇌성 벽력 후에 터지는 벼락 같은 울림으로 몸을 죄어들었다.

그날 밤은 바로 동란의 끝 무렵, 쌀쌀한 날씨 속에서 벼이삭이 여물어 갈 때였다.

저녁때 산등성이 밑에 죽어 넘어진 육군 소위를 보고 소나무 가지를 꺾어 '육군은 죽어서 말한다'라는 글을 흙땅 위에 쓰고 난 뒤였다. 그때 포 소리가 점점 귓전에 가까이 들려 왔다.

여기까지 아이들에게 읽어 주는 나의 마음은 표현할 길 없는 아픔에 더 이상 전쟁의 비참함을 이야기하고 싶지가 않았다.

나는 나라가 위기에 처해 있을 때는 모두가 한마음 한뜻이 되어 자신을 희생하면서라도 싸워서 반드시 이겨야 한다는 것을 강조하였다.

나라와 민족을 위하여 산화한 순국 선열들과 전몰 장병들의 높은 뜻을 생각하여, 우리의 가슴속에 감사하는 마음을 갖는다는 것은 마땅히 우리가 해야 할 국민의 도리라고 생각한다.

또한 남아 있는 유족들에 대한 우리의 사랑은 물질적 도움도 중요하지만, 우리 국민의 따뜻한 마음에서 우러나오는 진실한 마음의 표현이 더 값지다고 본다. 그리고 나라를 사랑하는 마음도 국민 모두가 마음에서 마음으로 이어져 나오는 자율적인 사랑의 새싹이 터져 나와야 된다고 생각한다.

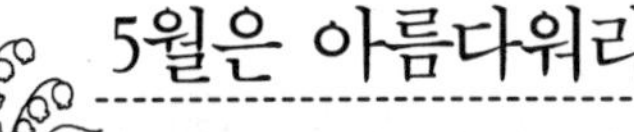

5월은 아름다워라

작은 붓으로 닫힌 사회를 열어 주는 도구의 역할을 충실히 하겠다는 다짐과, 여러분들의 큰 사랑으로 내일을 바라보는 혜안으로 제 목소리를 잃지 않도록 노력하련다.

사랑의 계절 오월은 아름다워라.

찬미의 계절 오월은 작은 민들레꽃처럼 화려하여라.

작은 마음에도 큰 마음에도 오월의 사랑은 뜻이 깊고 넓기만 하여라.

나에게 있어 1996년 오월은 소중한 추억만으로도 살아갈 수 있는 생명력과 감동이 흘러 넘치는 나날이었다.

그 동안 모아 두었던 글들을 엮어서 《호수 위로 흐르는 사랑》이라는 제목으로 책을 출간했기 때문이다. 이 책을 내면서 나의 별명인 토끼처럼 이리 뛰고 저리 뛰고 하면서 환희에 찬 기쁨을 가슴에 꽃피우며, 먼데까지 날아가는 라일락꽃 향기처럼 나를 이해하여 주시고, 나를 사랑하여 주시고, 또 나를 아껴 주시는 가까운 사람들에게 '출판 기념회'의 기쁨을 함께 나누고자 초대장을 띄웠다.

가슴 설레던 5월 10일 오후 5시가 되자 중앙대학교 학생들의 현악 4중주의 첼로와 바이올린의 음악이 조용히 흐르기 시작했다. 사회를 맡아 보왔던 안정웅 국장님의 격조 높고 품위 있는 모습은 가슴 떨리던 내게 서로를 사랑할 수 있는 시간을 안겨다 주었고, 부족함이 많은 글들을 이해하여 하나가 되는 시간임을 가슴으로 전해 주셨다.

민안신문사 정수인 사장님의 경과 보고에서는 화장을 곱게 한 나에게 눈물을 흘리게 했다. 그 눈물을 감추고자 하는 내 마음은 행복한 마음과 함께 오는 기쁨의 눈물이었다.

나의 출간사에 이어 이종건 군수님의 축사에서는, 안성 군민을 사랑하고 예술을 사랑하고 내 고장을 알뜰살뜰하게 보살피고 우리 군민 모두가 뜨거운 마음으로 신뢰의 벽돌을 쌓으며 사랑과 평화의 가정을 이룩할 수 있도록 도움의 말씀을 해 주셨다.

또 이은홍 교육장님의 치사에서는 오월의 향내음이 물씬 풍겨져 나오기도 했다.

칭찬의 말씀 중에 새롭게 느껴져 오는 소리없는 감정의 목소리는 나의 생명이자 사랑이었다. 그 가운데 특히 인상 깊은 것은, 보이지 않는 곳에서 눈물과 한숨과 고뇌와 절망 속에서 살아가는 어느 한 사람에게라도 빛이 되고 소금이 되고 희망을 안겨다 줄 수 있는 글을 써야겠다는 용기를 새롭게 탄생시켜 준 부분이었다.

5월의 신록처럼 싱그럽고 새롭게 돋아나는 군민들을 위해서 오늘도 변함없이 땀흘려 주시고 귀기울여 주시기에 여념이 없으신 각계 각층의 여러 기관장님들의 뜨거운 격려와 박수는 귀한 사랑으로 보듬고 고개 숙여 감사드린다.

나를 위하여 축가를 불러 주신 안성예술인협회 부회장으로 계시는 최은수님이 우리 가곡 〈그네〉를 열창하시는 모습은, 우리의 어린 시절 큰 소나무 가지 위에다 굵은 줄을 묶어 두고 친구랑 함께 그네를 타던 옛 동심을 불러일으키게 해 주었다.

그리고 육십 고개를 넘으신 시인 모춘자 선생님은 정지용님의 〈향수〉라는 시를 낭독해 주셨다. 이 시 낭독에서는 공간적으로는 도시와 농촌의 차이와, 시간적으로는 현재와 과거의 차이에서 우러나오는 감정을 그대로 표현해 놓은 것이어서 감동적인 시간이었다. 여기에 조금 옮겨 적어 본다.

넓은 벌 동쪽 끝으로
옛 이야기 지줄대는 실개천이 휘돌아 나가고
얼룩백이 황소가
해설피 금빛 게으른 울음을 우는 곳

그곳이 차마 꿈엔들 잊힐 리야.

질화로에 재가 식어지면
비인 밭에 밤바람 소리 말을 달리고,
엷은 졸음에 겨운 늙으신 아버지가

짚베개를 돋워 고이시는 곳

그곳이 차마 꿈엔들 잊힐 리야…….

그리고 우리 안성인의 자랑이며 시인인 김유신 선생님의 〈은
방울 꽃〉이라는 시를 김순희 씨가 예쁜 한복을 입고서 낭송할 때
는 조용하게 흐르는 음악 또한 우리의 빈 가슴을 사랑으로 가득
채워 주는 기쁨이 있었다.

1부 기념식이 끝나고, 2부 만찬의 시간에 국악인 최한근 선생
님의 피리 소리는 한 줄기 바람처럼 스쳐가는 영원에의 그리움을
보게 해 주었다.

나는 작은 붓으로 닫힌 사회를 열어 주는 도구의 역할을 충실
히 하겠다는 다짐과, 여러분들의 큰 사랑으로 내일을 바라보는
혜안을 갖고 오래도록 제 목소리를 잃지 않도록 땀흘리기를 다짐
했다.

출판기념회에 오신 여러분과 또한 나를 사랑하여 주시고 지켜
봐 주시는 민안신문 독자 여러분, 진심으로 감사드립니다.

별초롱 꿈초롱

봄이면 개나리꽃이 화사하게 웃음짓고 담장 넝쿨이 온통 장미로 가득한 안성읍 인지리 462-1에 자리잡고 있는 '인지 어린이집'으로, 가던 길을 잠시 걸음을 멈추고 들어가 보았다.

놀이터 한 켠에 그늘로 만들어진 등나무 아래에선 작고 예쁜 어린아이들이 소꿉장난을 하고 있었다. 그들의 머리 위에 보랏빛 고운 꽃잎이 흰 눈꽃송이처럼 내려앉은 모습은 내게 먼 향수를 불러일으켰다. 이 어린이집에는 박순자 원장 선생님을 비롯하여 원감 원은제 선생님(12년)과 박소영 선생님(10년), 박지숙 선생님(8년) 등 오랜 경험을 가진 선생님들이 대부분이다. 이들은 사랑과 봉사가 대단하신 분들이시다.

원아들이 생활하는 꿈의 집은 2층으로 올라가야 했는데, 그 계단에는 구름다리가 계단식으로 놓여져 있고, 다락방은 뛰어난 감각으로 꾸며 놓아 환상적이었다. 그리고 장난감 방에는 온갖 놀이 기구들이 여기저기에 흩어져 있었고 마음껏 손놀림과 발놀림을 할 수 있는 자유로움이 이채로웠다.

유아원생이 65명인 인지 어린이집은 보사부에서 지원을 받는 관계로, 다른 유치원보다는 저렴한 회비로 교육을 받을 수 있고, 영세 아동은 무료로 교육을 받을 수 있는 특혜도 있다.

유치원 안의 벽면에는 커다란 게시판이 걸려 있었는데, 그 속에는 집 모양으로 만든 아주 작은 집 속에 가족 사진이 예쁘게 붙어 있었다.

가족 사진 속에서 행복한 가정의 웃음을 엿볼 수 있어서 무척이나 흐뭇했다.

또 화장실 표시판 앞에는 분홍색 바탕 위에 다람쥐 그림이 눈에 띄게 그려져 있었다.

원아들이 간식을 먹을 수 있는 식당 또한 아기자기하고 훌륭했다. 물을 먹을 수 있는 정수기 모양은 모자를 쓰고 있는 사람의 몸체라고 표현하고 싶을 정도였다.

그 속에 그려져 있는 그림은 잉어 모양으로 고기 두 마리가 물 속을 헤엄치면서 가는 모습이었다. 이 그림이 그려진 꼭지를 틀면 물을 받아 먹을 수 있다.

원아들이 놀고 있는 바닥에는 현대판 사방치기 놀이판이 놓여져 있었는데, 어린 시절에 땅 위에 많이도 그려 놓고 친구들과 함께 놀았던 지난날의 내 모습을 생각나게 해 주었다.

그리고 뒤뜰에는 여름이면 물장난을 하면서 놀 수 있는 작은 수영장이 있었다.

또 그늘을 만들어 주는 은행나무는 가을이면 노랗게 물이 들어서 아름다움을 한층 돋보이게 해 주어서 원아들이 계절 감각을 느낄 수 있다고 했다.

찔레꽃 향내음이 짙은 아름다운 6월의 행사가 곧 열린다고 한다.

병원 놀이와 시장 잔치의 행사 때문에 선생님들의 준비하는 들뜬 모습이 경쾌해 보였다.

시장 잔치에는 어머니들의 음식 솜씨 자랑이 열리는데, 이때 원아들은 자기가 만든 종이 돈으로 음식을 사 먹는다는 재미로움이 있다.

일반인들에게는 손수 만든 음식을 팔기도 하는데, 그 이익금으로는 원아들의 장난감을 사준다든지 똑같은 예쁜 티셔츠를 사줄 계획이란다.

어머니와 아이들이 함께 하는 시간은 참으로 행복하다. 여기에는 서로를 위하여 무엇인가를 남길 수 있다는 큰 기쁨이 있기 때문이다.

어린 아이들의 놀고 있는 모습은 바로 음악이다.

'어린이의 정경'을 음악으로 표현했던 모짜르트, 슈만 같은 훌륭한 음악가의 마음이 어떤 것이었는지 이제 조금은 알 것 같다.

〈쥬라기 공원〉이라는 영화를 아이들과 함께 본 적이 있다.

이 영화는 내용의 의외성과 상상을 초월한 촬영 기법, 제작비의 과감한 투자 등 우리들이 상상조차 하기 어려웠고 전문 영화인들조차 혀를 내두를 정도였다.

지금은 정보화 시대라는 21세기를 살아가야 할 우리의 아이들을 창의력과 상상력, 호기심을 가진 인간다운 인간으로 길러 내야 한다.

나는 어느 때 어느 장소를 가든지 그곳의 신발장부터 먼저 바라본다.

신발장 안에 신발이 가지런히 놓여져 있는 곳을 바라보면 마음이 즐겁고 그 집안의 성격을 알 수 있을 것 같기 때문이다.

유아 시절부터 신발장에 자기 신발을 예쁘게 얹어 놓는 습관을 길러 주자.

자기가 신어야 할 신발 위에 남의 신발이 얹어져서 때가 묻어 있는 신발을 신을 때의 그 불쾌감은 오래 간다.

어느 학원을 갔더니 신발장 위에 '신발을 신발장 안에 놓지 않는 학생은 벌금 50원'이라고 쓰여진 푯말을 세워 놓았는데, 이를 보고는 빙그레 웃지 않을 수 없었다.

반딧불

도심 속의 아이들은 정말이지 반딧불을 모르리라. 어둠 속에서 빛을 보면 도망치면서 도깨비불이라고 소리지르며 기절해 버리는 모습을 상상해 본다.

나무는 나무대로 풀잎은 풀잎대로 초록이 짙어 가는 한여름날의 오후다.

풀벌레 소리 요란한 논두렁과 밭두렁 사이의 싱그러운 향내음이 누구에게 주어도 아깝지 않을 사랑을 살며시 안겨다 준다.

시골길의 파아란 들판은 초록빛으로 물들고 농약을 뿌리는 농부들의 손길이 바쁘기만 하다.

그런데 나는 무엇 하나도 도움 주지 못함에 안타깝고 나누어 주지 못함에 작은 마음이 아프기만 하다.

내가 살고 있는 가까운 곳에서 오리쌀논 '오리놓기' 행사가 고삼면 가유리 하가오리농법 논에서 열렸다.

고삼농협이 고삼면 생산자와 서울 소비자간에 오리쌀 생산 및 직거래 운동을 꾸준히 펼쳐 가면서, 생산 면적도 지난해에 비해

10배 정도 확대했다는 놀라운 소식과 함께 논둑에 철망을 쳐 둔 것을 보고 그냥 지나쳐 왔다. 그런데 요즈음엔 가는 길과 오는 길에 눈길을 한번씩 더 주면서 오간다.

자연은 우리에게 늘 아름다움을 주고 늘 사랑을 간직하게 하고, 기다림에 지친 소녀처럼 늘 꿈만 먹고 살라고 한다.

오늘 밤은 유난히도 달이 휘영청 밝다.

비가 내린 뒤의 하늘은 티없이 맑고, 그림을 그리듯 색깔 또한 화려하다.

아름다운 물감 색으로 오늘 밤은 유명한 화가가 아니라도 좋다. 서툰 솜씨라도 힘껏 뽐내어서 아름다운 빛깔만 골라서 색칠하고 싶다.

고운 밤하늘에 예쁘게 차오르는 달무리는 옛날을 그리워하게 한다.

풀벌레 소리 요란한 초가을 날씨와도 같은 여름 밤은 왠지 불안스럽게 내 마음을 휘감고, 얇은 블라우스 위에다 따뜻한 스웨터를 어깨 위에 걸치게 하는 이상 기온이다.

"농촌을 사랑하자. 고향을 사랑하자."

농촌이 잘 살아야만이 나라가 건전해질 수 있고 농가소득도 보장되고 환경도 보전할 수 있다. 환경의 보전으로 소비자는 무공해의 먹거리를 제공받고 생산자는 일정한 소득을 보장받는 믿음과 사랑으로 일치되는 건강한 사회로 나아가는 축복된 우리의 삶이 되었으면 한다.

자연이 가져다 주는 아름다움은 화려하다 못해 나를 초라한 모습으로 탈바꿈하게 한다. 그러면 나는 파아란 논밭 위에 먹이를 주워 먹으려고 하늘을 날다 사뿐히 내려앉는 한 쌍의 흰 새를 바라본다.

그러다 때로는 오만스럽게 고개를 쳐들고 하늘을 바라보는 흰 새의 긴 목을 닮아 보고 싶어지는 유혹을 느낀다. 하지만 애써 참는다.

호수에 잠긴 달을 한없이 쳐다보고 서 있을 때면 나를 향해 뛰어오는 두 딸아이의 즐거운 음성을 듣는다.

"어머니~ 어머니, 어디 계세요?"

하면서 넓은 뜰을 지나 나비처럼 훨훨 날아오는 힘찬 모습을 바라본다.

갑자기 작은 딸아이가 고함을 친다.

"어머니- 저 숲속 사이에서 반짝반짝 작은 불이 보여요."

하면서 작은 손으로 내 팔목을 잡고는 어둠 속의 나무들 곁으로 살금살금 다가간다. 그 귀여운 모습을 볼 때면 나도 장난기 많은 작은 딸아이의 흉내를 내면서 다가가곤 한다.

반짝반짝 빛나던 것은 어둠 속에서 빛을 내는 작은 반딧불이었다. 도심 속의 아이들은 정말이지 반딧불을 모르리라.

어둠 속에서 빛을 보면 도망을 치면서 도깨비 불이라고 소리를 지르고 기절해 버리는 모습을 상상해 본다. 나도 어린 시절에는 도깨비 불이라고 나 살려라 하고 도망을 쳤으니까 말이다.

나는 반딧불을 쫓아가면서 내 손 안에 살며시 잡아 보았다. 그리고 아주 작은 몸매의 날개가 바로 양광처럼 빛을 낸다는 설명을 두 딸아이에게 해 주고는 마음껏 날아다닐 수 있도록 놓아 주었다.

우리 가족은 지금 살고 있는 자연 속의 집을 사랑한다. 그리고 그림을 그리듯이 자연 속에 제멋대로 자라는 작은 풀 한 포기에서도 생명의 소중함을 배운다.

우리 가족의 축복받은 목숨이 그토록 소중하고 고맙고 서로에게 뜨거운 숨결로 확인하는 오늘, 사랑한다 하면서도 아직은 마음에 반도 채우지 못한 어리석음이 빛을 향해 눈뜨는 반딧불이 되게 하소서.

나는 시골집을 사랑한다.

흙 내음의 숨소리를 들을 수 있고, 길가에 흩어져 어여쁘게 피어 있는 이름 모를 풀꽃들과 정성 어린 손길로 심어 놓은 고추랑 오이랑 호박이 넝쿨째 열려 주렁주렁 달려 있는 모양만 보아도 마음이 넓어지는 것 같다.

이 세상 그 무엇과도 바꿀 수 없는 자연의 섭리 앞에 머리가 숙여진다. 그래서 나는 자연 속에서 살려고 무던히도 애쓰며 마음껏 사랑하며 행복의 나래를 펼치며 미래를 향해 조심스럽게 한 발자국씩 발돋움하면서 아이들의 교육 문제에도 깊은 관심을 가지고 살아왔다.

도심 속의 아이들과 비교하면서 지금까지는 교육 방법이 옳았다고 생각하면서 자랑스럽게 살아온 날들이 하루아침에 공든 탑이 와르르 무너져 내리는 듯하는 소리를 듣는다.

소규모 학교의 통폐합에 관한 문제로 학교장님과 학부형님과 교육청 직원님들과의 면담에서, 농어촌 지역의 학령 아동 감소 때문에 정상적인 교육 과정 운영의 어려움을 알게 되었다. 도심 속의 아이들이 콩나물 시루 속처럼 북적거리며 좁은 운동장에서 이리 부딪치고 저리 부딪치고 뛰어 놀 때, 농어촌 지역의 아동들은 마음껏 넓은 운동장에서 뛰어 놀며 자연을 사랑하고 서로를 이해하며 친구를 사랑하는 법을 제각기 배운다. 그러면서 다툼 속에서도 화해하는 마음을 서로에게 베푸는 여유로움이 나는 무척 좋아 보였다.

또한 급식이 제공되고 영양사가 늘 식단을 연구하며 맛깔스런 음식을 먹여 줄 때 편식하는 버릇을 고쳐 주는 그 정성스러움을 나는 자랑으로 여겨 왔었다.

교육 또한 선생님들의 관심과 사랑이 하나로 뭉쳐서 도심 속의 아이들보다는 더 많이 알게 하기 위한 실습 교육에서부터 특별활동에 이르기까지 그 사랑과 열정은 어디에도 비교할 수가 없다.

그리고 선생님이 다른 학교로 전근을 가실 때는 서로 맞잡고 눈물을 흘리는데, 나는 그 애틋한 사랑을 딸아이로부터 배웠다.

어디 하나에서 열까지 그 아쉬움을 어떻게 헤아릴 수 있겠는가.

산아 제한이 가져다 준 피해는 시골 학교에서 제일 먼저 찬서리 바람을 맞는다.

이제는 시골이 좋다고 해도 시골에서 살아갈 수 없는 삭막한 세상이 되어 버렸다.

아이들 교육 문제 때문에 도심 속으로 이사를 가야 하는 슬픈 현실 앞에서 나는 마음이 아팠다.

53년이란 전통이 있는 학교가 학생수가 없어서 통폐합을 해야 할 위기에 놓였으니, 도대체 누구의 책임인가?

어느 할아버지께서는 자기의 모교를 살리기 위해 손자·손녀를 전학시켜서 학생수를 늘리는 데 보탬이 되고자 어려운 여건 속에서도 함께 살아간다고 말씀하셨다. 그러면서 앞으로는 동창생들과 후배들에게도 학생수를 늘려 나가는 데 도움을 달라고 호소하겠다는 마음 앞에 나는 나 자신이 한없이 부끄러웠다.

이제는 초등학교도 추첨제를 하였으면 한다.

통폐합을 막는 길은, 시골 초등학교의 시설을 월등하게 잘 가꾸어서 시범 학교로 만들어 놓는다면, 도심권의 학생들이 우르르 줄지어 몰려올 것이 아니겠는가. 꿈 같은 이야기일지는 모르겠지만……

안성 교육청에서 열린 명예교사 어머니 연수교육을 받으면서, 인성은 유전과 환경, 시간, 최적의 선택으로 형성된다는 것에 공감했다. 그러면서 옛 조상님들의 육아 슬기를 오늘에 되살리는 덜 먹이고 덜 입히는 정신과 체력 단련, 햄버거를 좋아하는 우리 아이들의 입맛을 야구르트 역할을 하는 맛깔스럽게 담은 김치로 대신하고, 항암제 역할을 하는 된장에다가 호박이랑 두부랑 양파를 썰어서 부글부글 끓여 주는 정성스런 손길을 고마워할 줄 아는 우리 아이들로 키워야겠다는 생각이 들었다.

　그리고 잘못한 일에는 상벌이 분명하고 바른 일, 바른 소리가 뿌리내리는 행복한 가정을 이루고, 이웃과 더불어 살아가는 열린 어머니로서 자녀를 인정해 주고, 조그마한 의견도 존중해 주고, 좋은 것만 찾아내어 밝은 빛을 안겨다 주고, 안전과 건강을 지키는 평생 실수 없는 건전한 자녀로 키우는 것이 우리 어머니들의 본분임을 깨닫게 되었다.

여성의 예쁜 날개

개나리 로터리 클럽은 여성 클럽 회원으로서 소리없이 봉사로 많은 활동을 한다.
이들의 어여쁜 마음들이 등대불같이 늘 변함없이 비추어 주기를 바란다.

오늘(1996년 7월 31일)은 안성 개나리 로터리 클럽이 창립된 지 다섯 살이 되는 뜻깊은 날이다.

화려한 색깔로 봄을 노래하며 마음을 확 트이게 해 주는 개나리는 여성의 상징이라고 해도 과언이 아니다.

여성 클럽 회원으로서 소리없이 봉사로 많은 활동을 하는 아름다움이, 빛을 잃어버리고 어둠 속에서 헤매는 목마른 사람들에게 희망을 안겨다 주고, 참다운 봉사자들의 어여쁜 마음들이 등대불같이 늘 변함없이 비춰 주시기를 바라는 마음으로 회장 최금숙 님의 이·취임사를 간추려서 적어 본다.

안녕하셨습니까?

이 무더운 날씨에도 불구하고 오늘 이 행사를 빛내 주시기 위하여 참석하여 주신 존경하는 국제 로터리 3천6백지구 만당 김준택 총재님을 비롯해 국정에 항상 바쁘신 중에도 안성의 일이라면 꼭 참석하여 주시는 존경하는 이해구 국회의원님, 항상 친근감을 더해 주시는 이종건 군수님, 임진빈 지역 대표님 및 각 기관장님, 사회 단체장님, 내외 귀빈 여러분과 내방 로터리안 회장님, 회우님, 참석하여 주셔서 정말 감사합니다.

모든 로터리의 지식과 격식도 모르는데 열심히 하면 되겠지 하는 마음으로 취임하여 초아의 봉사를 하려고 노력하였지만 결코 쉬운 일이 아니었습니다.

나름대로 열심히 뛰었지만, 아직 만족하리만큼 개나리는 활짝 피지 못한 채 임기를 맞이했습니다.

우리 개나리회를 활짝 피워 보려고 이 부족한 제가 다시 재임을 하게 된 것을 무척 송구스럽게 생각합니다. 이제 네 돌이 지나고 다섯 살로 접어드는 아주 빈약한 클럽이지만, 한 알의 밀알이 썩어서 싹이 터서 잘 자라 열매를 맺듯이 제가 밀알이 되어 개나리를 정말 멋있게 피워 보렵니다.

성실하게 행동하고 사랑으로 봉사하며 평화를 위해 헌신하는 정신으로 추석 명절에는 불쌍한 이웃을 도와 소년 소녀 가장과 독거 노인을 두루 위문하고, 전 회원이 일일 찻집을 하여 성금을 모아 경로잔치와 열다섯 분의 노인께 성금도 전달하였으며, 장학기금도 마련하여 전달하고, 한인 2세들의 결혼식도 네 쌍이나 시켜준 놀라운 활동력과 사랑과 헌신적인 봉사 정신으로 남녀차별

적 대우가 전통적으로 내려오는 어려운 여건을 극복하면서, 여성 활동에 아름다운 꽃밭을 일구고 계시는 개나리 로터리 클럽에 나도 같은 여성으로서 뜨거운 박수를 힘차게 쳐 주었다.

각 분과별 사업계획서에는 클럽 봉사위원회와 사회봉사 위원회, 직업봉사 위원회, 청소년 위원회, 국제봉사 위원회, 주보 위원회, 출석 위원회, 재단 위원회, 회원 증강 위원회, 사찰(주회의 품위와 질서 유지) 재무로 구성되어 있다.

이날 식장에서 유난히도 따뜻한 눈길을 받고 있는 수녀님 한 분이 조용하고 얌전한 자세로 앉아 계셨다.

둥근 식탁에 마주 앉아 계시는 분은 몸을 마음대로 가누지 못하는 신체 장애자였다.

회장 최금숙 님과 회원님들의 자매 결연으로 성금 전달을 할 때 장애인의 집 '성가원'에서 대표로 와 후원금을 받는 장애인의 얼굴 표정은 너무나 밝았다. 그 웃음 핀 모습이 이 글을 쓰고 있는 제 가슴에 지금도 아름답게 남아 있다.

성가원은 경기도 용인군 외사면 장평리 654-2에 자리잡고 있는 아주 작은 장애인의 집이다.

그분들은 조그마한 도움에도 감사할 줄 알며, 사랑을 실천하며 매월 첫째 주일에는 회원들을 위한 생미사 봉헌을 하며, 매월 둘째 주일에는 사망한 회원들을 위한 연미사를 봉헌하며, 매일 회원들을 위해 묵주의 기도와 은인들을 위한 기도를 한다.

매월 회원들을 위한 단식과 희생 봉헌을 하는 성가원은 나자렛에서 성모님과 성요셉이 예수님을 모시고 가장 행복한 성가정을 이루고 사신 모범을 따라, 세상에서 버려진 장애인들이(다른 작은 예수님으로) 신앙 안에 한 가정이라는 공동체를 이루면서, 모든 고통과 아픔, 실망과 좌절을 잊고 하느님 안에서 밝은 세상을 살고자 하는 작은 공동체의 집이다.

건강한 몸을 가지고도 무수한 죄를 짓는 사람들의 삶에 비하면 아무 것도 할 수 없는 보호 장애인들의 깨끗한 삶은 눈물과 고통과 슬픔이 더욱 많겠지만, 그들의 얼굴 표정은 티없이 맑고 순수했다.

개나리 회원님들의 따뜻한 보살핌도 감사하지만, 아직도 많은 사람들의 따뜻한 손길이 필요하다고 한다.

이들에게 보다 밝은 삶을 살아가면서 웃어 볼 수 있는 날들을 가질 수 있도록 사랑과 기도로 큰 용기를 주시고, 보다 큰 관심과 따뜻한 사랑을 우리 모두가 함께 드립시다.

눈이 내리는 날

흰 눈이 고요한 밤에 함박꽃처럼 펑펑 내린다. 이렇게 눈이 내리는 날에는 기쁨은 잠시뿐이고 걱정이 늘어진다. 우리 집이 양성면 끝 제일 높은 곳에 있기 때문이다.

하늘에서 내리는 흰 눈은 누구나 좋아한다.

어린아이의 마음처럼 깨끗하고 고운 눈꽃송이.

좋아라고 두 팔 벌려 하늘을 향해 입을 '아−' 하고 벌려 흰 눈을 받아먹던 어린 시절이 그리워진다.

지금의 우리 아이들은 흰 눈을 받아먹기는커녕 오염된 덩어리가 내린다고 부모들이 밖에도 못 나가게 할 뿐더러, 외출을 할 때는 반드시 '모자를 쓰고 우산을 받쳐들고 놀아라'고 몇 번이고 말한다.

나 역시 이런 말을 하면서도 속으로는 한없이 울고 있다.

꿈과 낭만, 이 얼마나 아름다운 말인가.

여고 시절 검은색 동복 위에다 흰 칼라를 달고 다니던 추억과 남학생들의 동복은 지금의 신부님 노만 칼라처럼 목을 꼭 맞게 하고, 가슴에는 어느 학교 누구라는 흰 명찰 위에 검은 색실로 곱게 수놓은 듯한 이름 석 자가 눈앞에 아른거린다.

우리는 흔들리는 버스 안이나 전차 속에서 책을 읽었다. 그리고 영어 단어를 손바닥에 쓰고 매일 한 단어씩 외웠다.

하루가 지날 때마다 내 머릿속에 무엇인가를 채우며 지식이 내 것이 될 수 있다는 통쾌감에 즐겁고 행복했었다.

우리의 학창 시절에는 왜 그렇게도 배가 빨리 고팠을까?

겨울날의 도시락은 찬밥이다. 어머니께서 정성스럽게 싸 주신 도시락 반찬은 손수 담그어 놓으신 찹쌀 고추장과 멸치였다.

그것을 한데 섞어서 도시락을 몇 번이고 흔들어서 책상 위에 놓고 뚜껑을 열어 보면 빨간 색으로 곱게 물들어 있는데, 그 밥을 먹는 기쁨이란 정말 경험해 보지 않은 사람은 이해를 못하리라.

흰 눈이 고요한 밤에 펑펑 함박꽃처럼 흩날린다.

우리 집은 양성면 끝 제일 높은 곳에 있다.

흰 눈이 내리는 날에는 기쁨은 잠시뿐이고 걱정이 늘어진다. 도로가 얼어붙으면 교통사고가 제일 많이 나는 곳이기 때문이다.

내가 이곳에서 산 지 어느덧 10년이 조금 넘는데 그 동안 크고 작은 사고가 많았다.

눈이 오면 남편과 나는 삽을 들고 우리 집 앞 도로변에서 위험 지역까지 모래를 뿌린다.

깜깜한 초저녁이면 밝은 색 옷으로 갈아입고 머리에 흰 스카프를 뒤로 길게 늘어뜨리고, 쌓아 둔 모래 위의 비닐을 젖히고 삽을 힘껏 밟는다.

먼 언덕 위에서 자동차의 깜박등이 보이고 거북이 걸음으로 조심스럽게 내려오는 차의 행렬을 바라보면서 모래를 뿌린다.

남편과 나는 누가 알아달라고 하는 봉사가 아니었다. 왠지 모래를 뿌려 놓지 않으면 잠을 설치기 때문이다.

잠을 자다가도 '쾅'하는 큰 소리가 들리면 벌떡 일어나서 외투를 받쳐 입고 뛰쳐 나간다.

때로는 문을 두드리는 소리에 일어나면 전화를 빌려 달라든가 하는 도움을 청해 오기도 한다. 그때마다 먼저 파출소에 연락을 해 드리고 부상자가 없을 때는 레커차를 불러 드린다.

이때 어린아이들은 울다가도 경찰 아저씨가 온다고 하면 울음을 뚝 그친다.

나는 이분들의 고마움과 노고를 알고 있다. 이렇게 눈이 내리는 날에는 미처 장갑도 끼지 못하고 모래 주머니의 끈을 하나씩 풀어 가면서 모래를 뿌리는 모습을 보아왔다. 귀도 빨갛고 코도 빨갛고 두 손도 빨갛다.

관할 파출소의 아저씨들은 어디가 위험 지역인지 알고 있기 때문에 맨 먼저 이곳으로, 끝에서 끝 지역으로 달려오신 것이다.

차 한잔 대접해 드리고 싶지만, 시간과 여유가 없으신 이분들께 참으로 감사하는 마음으로 내 마음이라도 전해 드리고 싶다.

내가 듣는 파도 소리

고향에 찾아와서 바다를 보면, 사랑으로 가득 차 오르는 삶의
환희와 답답한 마음이 탁 트이는 파도 소리에 내 어릴 적 유난히
도 얼굴이 희고 예뻤던 언니가 생각난다.

나에게는 이 세상에 둘도 없는 언니를 8년 만에 만났다.

남들은 자주 만나서 서로를 확인하며 삶의 이모저모를 얘기하
며 살아가는데 내 언니는 미국 땅으로 이민을 갔다. 그래서 아들
딸 모두 명문 대학에서 학사모, 석사모를 쓰게 하고 알뜰살뜰히
살림 잘하고, 남편 뒷바라지 잘하는 현모양처이다. 그런데 향수
병에 걸린 언니가 오늘에야 내게로 비행기를 타고 날아왔다.

남들은 해외로 여행을 하고 싶어도 친척이 없어서 못 간다는
여행을 나와 언니는 무던히도 참으면서 살아왔다. 하지만 마음만
은 불꽃같이 서로를 진하게 불태우고 있음을 안다.

언니와 나는 부산에 살고 있는 남동생 집에 가서 부모님 산소
도 찾아뵙고, 옛날 우리가 함께 살며 자랐던 옛 집도 찾아가 보기
로 했다.

옛날 어린 시절을 보냈던 옛 집은 멀리 바다가 보이고 등대가
보이는 곳이다. 높은 담장에는 장미 넝쿨이 병풍처럼 둘러쳐져
있어 아름다운 오월이면 분홍빛 장미를 꺾어다가 책상 앞에 놓아
두고 그 향내음을 맡던 꿈의 세월이 묻어 있다.

간혹 가시넝쿨 장미꽃 사이에 곱게 쓴 흰 봉투의 편지가 꽂혀
있을 때면 서로를 마주보며 까르르 웃으면서 장난삼아 펼쳐 보았
던 남학생의 편지…….

그것을 읽을 때 두 오빠들이 이 기회를 놓칠세라 빼앗아서 크
게 소리 높여 읽어 주면서 언니와 나를 놀려 주던 그 옛날이 지금
너무나 그립다.

친정 아버지께서는 꽃과 새들을 좋아하셔서 작은 뜰 가득히 채
송화랑 복숭아, 지금은 이름들을 잊었지만, 여러 가지 꽃들이 여
기저기 흩어져 피어 있었다. 뒤뜰에는 청포도 나무를 몇 그루 심
어서 더운 여름날엔 그 아래에 돗자리를 깔고 식구들이 모두 모
여 앉아 깊은 우물 속 큰 두레박 속에 넣어 둔 수박을 잘라 나눠
먹곤 했다. 그 시원하고 달콤한 맛은 정말 비길 데 없는 일품이
었다.

지금에 와서 더욱더 옛날을 그리워하게 하는 낭만은 작은 연못
속의 금붕어들이다.

햇볕이 쨍쨍 내리쬐는 한낮의 오후가 되면 아버지께서 손수 만

드신 물조리개의 분수대가 물을 뿜기 시작한다. 그러면 금붕어가 고개를 내밀고 경쾌하게 꼬리를 흔들며 춤을 추기 시작한다. 그렇게 재미있게 놀고 있는 모습을 바라보면서 우리 형제들은 시원한 우물 속의 물을 두레박으로 퍼서 물조리개 속에다 가득 채워 놓는다. 그래야만이 물을 뿜기 때문에 처음에는 너무나 좋아서 서로 다투어 가면서 금붕어가 죽지 않도록 물을 부어 주었는데, 우리는 금방 싫증이 났다.

나의 아버지와 어머니는 우리에게 큰소리로 야단을 치는 적이 없었다. 화가 나는 일이 있을 땐 우리를 대신해서 금붕어들에게 물갈이를 해 주시곤 했다.

우리 형제들에게 제일 추억으로 남는 것은 두 오빠들의 수영 솜씨다.

오빠들은 언니와 나, 남동생을 바다 속 깊이가 낮고 예쁜 돌들이 깔려 있는 곳에다 놀게 만들어 주기도 하고 또 안전하게 큰 돌로 성벽을 쌓아 주기도 했다.

두 오빠가 물안경을 끼고 바다 속 깊은 곳까지 들어가 해삼이랑 멍게를 따다가 우리들을 먹여 주던 사랑을 그리워하면서 추억에 젖어 본다.

현재는 언제나 힘이 들고 고달픈 듯이 느껴지는 나날이지만 지나간 날들은 모두가 아름답고 그리워지는 법이다.

바다는 내가 처음으로 사랑을 배우고 가슴을 앓았을 때 답답했던 마음을 열어 주었던 곳이다. 나는 가끔씩 마음에 욕심이 차올라 오면 욕심을 버리려고 가끔 바다로 가서 모래밭에 묻힌 조개

껍질이랑 소라 껍질을 줍는다.

　바다는 우리 삶의 노래처럼 어느 날은 거칠게, 또 어느 날은 부드럽게, 때로는 높게, 때로는 낮게 내가 감추어 둔 슬픔마저 눈치채고 친정 어머니처럼 너그러운 가슴으로 내 굽은 마음을 곧게 부드럽게 감싸준다. 그래서 바다를 떠나 살면서도 바다처럼 살겠다고 스스로에게 약속하곤 한다.

9월의 축제

가을이 가져다 주는 풍요로움은 실망하는 사람에게는 빛이 되고, 피곤한 사람에게는 휴식을 안겨다 주고, 슬픈 사람에게는 태양처럼 위안을 준다.

벌써 가을이 오는 소리가 들린다.

햇볕 고운 대지의 뜰 아래 곱게 피어 있는 빨·주·노·초·파·남·보의 일곱 가지 색깔들이 어우러져 눈부신 꽃들을 바라보면서, 대자연의 섭리 앞에 나는 나대로의 진한 피로감에 두 눈을 감는다.

가을이 가져다 주는 풍요로움은 실망하는 사람에게는 빛이 되고, 피곤한 사람에게는 휴식을 안겨다 주고, 슬픈 사람에게는 태양처럼 위안을 주고, 수많은 근심에 휩싸여 있는 사람에게는 자연스럽게 희망을 안겨다 준다.

우리가 살고 있는 안성 땅은 자랑할 만한 곳이 너무 많다. 특히 우리 농촌 살리기 운동이 활발하게 펼쳐지는 큰 행사는 주목할 만하다.

1996년 9월 15일(일)~9월 21일(토)까지 일주일간 행해진 이 행사는 포도와 배, 사과의 품평회로 시작해서 시상식과 함께 포도, 배 아가씨 선발 대회로 이어졌다. 이들의 자격은 관내에 거주하는 미혼 여성이어야 하며, 1·2차 심사를 통해서 진·선·미 아가씨를 뽑아서 해외 홍보 사절로서 활동을 하게 한다.

9월 15일 행사로는 서운면 중학교에서 포도밭 달리기 대회가 10시 30분에 있었다.

구간은 서운면 중학교에서 출발하여 북산리-산평리-신층리-사갑-서운 중학교 도착이었다. 참가 자격은 제한이 없고 참가자에게는 포도 디자인을 한 티셔츠를 제공한다.

포도 이용 이벤트 행사에서는 포도 빨리 먹기 대회와 포도씨 멀리 뱉기, 포도즙 만들기 시연, 포도 시식회, 포도 전시회를 가졌다.

연예인 축하 공연에는 MC 이방과 패티 김, 태진아, 문희옥, 나훈아 씨가 우리 군민을 위하여 축하의 노래를 불러 주었다.

안성 군민 화합 한마당 잔치에서는 안성읍 낙원공원에서 오후 6시~8시 30분까지 마당놀이 및 사물놀이, 민요, 국악 공연이 펼쳐졌다.

출연해 주신 분들은 윤문식, 김성녀, 안숙선, 강선영 선생님의 문하생 세 명과 가수로는 안치환, 서준석 씨다.

오후 6시에는 포도와 배 퍼레이드가 펼쳐졌는데, 이들은 군민회관을 출발하여 봉산 로터리-서인 사거리-석정 삼거리-인지 사거리-낙원공원 도착이었다. 참가자는 포도, 배 아가씨는 차량 탑

승을 하고, 제등 행렬은 여중생 40명이 안성여상 고적대 40여 명
과 관내 주민과 기관 단체장들이 함께 했다.

9월 18일 오후 7시부터는 안성군민 대강당에서 음악(합창곡 6
곡)과 무용(째즈 및 클래식 발레), 국악(법고), 경기 입춤, 기악,
합주 등이 있었다.

출연한 사람들은 안성 예술인협회 회원들이며, 연극 공연에서
는 오후 2시와 7시에 〈사랑에 울고 돈에 속고〉를 안성 예술인협
회 회원들이 공연을 했다.

9월 21일 오후 5시~9시까지는 안성군민 회관 대강당에서 〈웃
는 돌〉 현대무용단 초청공연이 있었다. 주제는 〈지구인〉, 〈윤
무〉이고 안무엔 홍신자, 출연은 홍신자 외 현대무용단원 10명이
었다.

홍신자 씨는 사단법인 〈웃는 돌〉의 대표이며 전위 무용가, 명
상 구도가로서 저서로는 《자유를 위한 변명》 등 다수가 있고,
1973년 뉴욕에서 무용가 및 안무가로 데뷔한 이래 세계의 무용평
론가들로부터 절찬을 받은 후 전설적인 무용가들인 이사도라 던
컨, 마샤 그레함, 러스커닝 함과 같은 반열의 평가를 받은 분이
다.

9월 20일 오후 5시~9시까지는 포도, 배 홍보 공개 방송으로
MBC TV 〈새미 기픈 물〉 공개 방송이 안성 산업대 교정에서 열
렸다. 주제는 국악과 현대음악의 만남이었는데, 국악인 초청 공
연과 유명 연예인 다수가 출연하였다.

MC는 강재형과 정우임이 맡았고, 가수로 양희은과 변진섭, 원

미연, 박승화, 김규민, 그룹 노찾사, 경기 민요 최은호, 개그맨 조정현 씨가 수고해 주었다.

오늘날 참으로 절박한 환경 생태계의 위기, 생명과 건강의 위기는 농촌과 농업, 농민을 살리지 않고서는 이 어려움을 극복해 나갈 수가 없다.

도시와 농촌의 사람들이 얼굴을 맞대고 함께 만나서 서로의 손을 맞잡고 서로 잡은 손에 우리의 농촌과 우리의 생명과 건강이 함께함을 잊지 말아야 한다.

우리의 농촌을 살리기 위해서는 무엇보다도 먼저 도시 소비자들이 앞장서야 한다.

이 글을 쓰면서 크나큰 행사를 주관한 안성 과수농협과 포도 영농 법인, 또한 후원해 주신 안성군, 문화원, 예술인협회의 모든 분들께 감사드린다.

지혜의 눈

가을비가 내린다.

여름에 곱게 피었던 꽃들이 비에 젖어 고개를 숙인 작은 뜰안
에 이름 모를 새들이 하늘을 보며 앉아 있다. 그런 모습을 보면서
날마다 새로이 아낌없이 비워내는 내 가슴속 지혜의 눈으로 나를
키우는 삶을 더욱 사랑하고 싶다.

요즈음 나는 내 가정 안에서 남편과 아내의 역할이 얼마나 중
요하며, 얼마나 어렵고 힘든 것인지를 깨닫게 되었다. 결혼한 사
람이라면 한번쯤 생각하게 되겠지만, 어느 한쪽이 잘 한다고 해
서 가정이 행복해지고 평화로워지는 것은 아니라고 생각한다.

부부의 일생은 무거운 짐을 지고 먼 길을 함께 가는 것과 같다
고 했다.

나는 아침에 일어나면 두 딸아이의 머리 손질을 해 주면서 오

늘 해야 할 일들을 말해 준다.

옷 입는 것도 가능한 한 색깔을 맞춰서 입어야 하며, 양말은 꼭 신어야 한다는 것을 강조한다.

사람은 누구나 다 좋은 습관을 길러야 한다. 한번 마음먹으면 적어도 3천 번은 반복해서 행동에 옮겨야 그 습관이 우리 세포 깊숙이 스며들어서 진짜 내 것이 된다고 한다.

가정을 지키고 자녀를 키우며 교육시키는 것은 부부 공동의 책임이며 역할임이 확실하다.

밥을 지으려면 쌀을 솥에 올려놓고 가스 불을 켜야 하고 어느 정도 약한 불에서 뜸도 들여야 하는데, 사람들은 불을 때지 않고 왜 밥이 안 되느냐고 성화부터 하려 든다.

정말 자기의 삶에 변화를 원하는 사람은 무엇보다도 자기 자신을 솔직하게 바라볼 줄 알아야 한다. 우리가 자녀들의 교육에 신경을 쓰는 것도 이왕이면 열린 감각, 열린 의식을 심어 주기 위함이다.

길을 가다가 문득 내 앞을 스치고 지나가는 청소년들의 바지 입은 모습을 보았다. 순간 나는 열린 입을 다물지 못했다.

신발을 신은 것인지 바지의 길이로 신발을 만들어서 걸쳐 신은 것인지 분간을 못할 정도로 땅에 너저분하게 흩어져 있었다.

그것으로 온갖 지저분한 것을 쓸고 다니며, 허리에 걸쳐 있는 혁띠의 길이는 허리에 겨우 걸쳐 있고 땅을 향해서 출렁이며 춤을 추고 있었다.

10대들이 외치는 유행병은 참으로 괴이하다. 모든 사람들의 시선을 자기에게 집중시키려는 욕구가 강하며 마음이 강심장이다.

사람들이 북적대는 전철 안에서나 거리에서나, 내가 바라보는 눈은 단정하게 차려 입은 청소년을 만날 때는 그 가정의 소중함과 부모님들의 지혜로운 삶의 모습을 보는 것 같아서, 이름 모를 청소년들에게 나도 모르게 호감이 가는 것은 속일 수 없는 마음이다.

우리는 우리의 눈으로 확인할 수 없고 보이지 않는 곳에서 방황하는 청소년들을 위해 마음의 눈을 뜨고 지켜봐 주어야 한다.

인간의 마음속에는 양심의 눈, 한 가지라도 소중하게 생각하는 밝고 고운 눈이 있어야 한다.

청소년들에게 정말 필요한 것은 사랑이다.

우리의 아이들이 세상을 바라보는 눈은 무지개의 색깔처럼 영롱하게 빛나는 눈동자다. 그러므로 부모님과 스승의 기대를 담아 소중하게 커가는 모습을 바라보고 있음을 인식시켜 주는 일이다.

우리에게 필요한 것은 규칙이나 법률이나 강력한 단속의 힘을 빌리는 것만이 아니다.

아무도 보는 사람이 없다고 해서 마음대로 행동하고, 신호등을 무시한 채 통과하였다 하더라도 보이지 않는 양심의 갈등에서 벗어날 수 있을까?

이제는 우리 모두가 지혜의 눈으로 참된 인간성 교육을 위한 가정의 교육이 무엇보다도 중요하다는 것을 실천해야 할 때다. 조금은 늦은 감은 있지만 그래도 부모가 자녀에게 생명을 주었으니 책임져야 할 중대한 의무감을 가져야 한다.

풍요로운 인간성 교육을 위하여, 인간의 가치관은 무엇을 가졌느냐에 있지 않고 정의감과 폭이 깊은 형제애와 더욱 인간다운 사회관계에 질서를 확립하려는 인간의 노력이, 기술의 발전보다는 훨씬 값지고 소중한 것이라는 점을 자녀들에게 주입시켜 주어야 한다.

사랑이란 먼저 사랑하고, 누구나 사랑하고, 끝까지 사랑해야 한다고 생각한다.

이제는 우리가 청소년들에게 마음의 문을 열고 어려움 속에서도 크게 될 수 있는 인내심을 기르게 하고, 능력을 길러 주기 위해서라도 지혜의 눈을 가져야 한다.

우리는 하나

돌아도 돌아보아도 끝없이 둥근 세상에 비행기를 타고서 안성 라이온스 클럽 회장님인 한병채 내외분 이하 7명이 자매 클럽인 대북시 사림국제 사자회 클럽의 초청을 받고 대만으로 떠났다.

대만의 공항에 내려서 느껴 오는 하늘색 빛깔은, 우리나라와 한 시간 차이의 시계 바늘만 달랐고 언어만 달랐지 피부색 같은 것은 서로가 서로를 닮은 형제애를 느끼게 해 주었다.

'안성 라이온 회장단을 환영합니다'라고 쓴 플래카드의 우리나라 글씨를 보니 가슴 뭉클해져 옴을 느꼈다. 그 순간 내 나라가 그리워져 오는 마음은 내 형제, 내 핏줄이 살고 있는 때문일 것이다. 2박 3일간의 바쁜 일정 가운데 시간과 시간을 쪼개어서 함께 나누는 문화 교류의 시간엔, 언어의 장벽이 있었지만 미리 준비해 갖고 간 중요한 인사말을 나눌 때마다 손짓 몸짓으로 유희하듯이 표현해 냈다. 그럴 때마다 서로의 입가에는 미소가 흘렀다.

특히 한병채 회장님의 유창한 영어 회화는 우리를 접대하기 위하여 뽑히신 대북시 사림 라이온님의 영어 회화와 어우러져서 화기애애한 분위기를 이루었다.

주년 행사 때마다 라이온의 네스들은 한복을 입었다.

나와 회장님 사모님의 한복 입은 모습을 보고 많은 사람들이 박수를 보내 주었다.

식순에 따라 펼쳐지는 행사와 식탁 위에 올려지는 음식은 놀라웠다.

우리나라와는 달리 미각을 돋우는 음식의 접시를 비워 넬 때마다 다른 색깔과 별미의 상차림은 독특한 향내음으로 새로운 분위기로 바꾸어 주면서 주년 행사의 밤이 깊어 갔다.

우리 라이온 클럽 일행은 달러와 카드를 사용하지 않기로 단단히 마음을 정하고 갔다. 우리나라의 경제가 너무 어렵기 때문에 우리만이라도 외화를 쓰지 않기로 마음먹은 것이다. 그래서 가족들의 선물 하나 사지 않고 달러를 쓰지 않은 덕에 귀국할 때 녹색의 출입국 문으로 가볍게 통과할 수 있었다.

살아 있는 효도

아버지와 아들의 대화에는 늘 푸른 소나무처럼 향기로움이 있었고, 사랑이 피어났고 믿음이 쌓여 있었다. 두 분이 떠나고 난 빈 자리를 바라보는 내 마음은 그리움으로 젖어들고 있었다.

바람이 불어와 호숫가를 맴돌다 작은 물결을 이루더니 흩어진 낙엽을 두둥실 띄워 떠내려가게 했다.

빨갛고 노란 단풍, 표현할 수 없으리만큼 고운 빛의 잎새들이 작은 돛단배를 타고 투명 유리알처럼 맑고 푸른 물결 위를 맴돌고 있었다. 말없이 떠 있는 작은 낙엽 하나가 인류을 말해 주며 서글픔처럼 한 잎 또 한 잎 내 작은 어깨 위로 사뿐히 내려앉고 있었다.

하늘은 가없이 푸르고 높아만 가는데, 나는 왜 자꾸만 작아지는 듯한 나약함에 가슴까지 답답해지는지 모르겠다.

소리없이 떨어지는 낙엽을 탓하기에는 모든 것들이 너무나 아쉬운 계절 탓인지도 모른다.

오늘도 우리 낚시터에는 몇 분의 손님이 오셔서 낚싯대를 드리우고 호수를 바라보고 있다. 그들의 모습이 무척 여유 있고 한가로워 보인다.

멀리 낚시터 입구 쪽에서 빨간색의 차가 미끄러지듯이 내려오더니 물가의 가장 가까운 곳에서 멈추었다.

'누구일까?'

차에서 내리는 사람을 유심히 살피고 있는데, 30대 중반쯤으로 보이는 남자가 깨끗하고 단정한 양복 차림으로 손에 의자를 들고 내리는 것이었다.

낚시터에서 보기 드문 양복 차림이어서 호기심으로 나는 그를 지켜보았다.

신사분은 잘 다듬어진 곳을 살피더니 손에 들었던 의자를 안전하게 내려놓고, 다시 차 있는 곳으로 가서는 60대 중반으로 보이는 노인 한 분을 등에 조심스럽게 업고서는 의자가 놓여진 곳으로 발길을 옮기는 것이었다.

그 모습을 물끄러미 바라보다가 나는 왠지 코끝이 찡해지고 목울대가 뜨거워지는 것을 느꼈다.

아버지를 등에 업은 신사분이나 등에 업혀서 오시는 그 노인의 모습이 '효'를 이야기하는 책에서나 나오는 표현이었는데, 내 눈 앞에서 실제로 일어난 한 폭의 그림 같았다.

그 순간 나의 손에 사진기라도 있었더라면 어찌 필름 속에 그 보기 드문 아름다운 광경을 담지 않았겠는가만은…….

먼저 갖다 놓은 의자에 아버지를 앉혀 드리는 그 공손한 태도며 정성은 이 나라의 많은 젊은이들이 배워야 할 모습이다.

나는 이렇게 모셔 드리고 싶어도 모셔야 할 분들이 이 세상 어디에도 없으시기에 잠시나마 부모님 생각으로 슬픔에 잠겼다.

내가 그들 가까이 다가서자,

"저희 아버님입니다. 몸이 불편하신 분이라서 제가 다시 모시러 오겠습니다. 아버님께서 필요로 하시는 것이 있으면 배달해 주셨으면 감사하겠습니다."

하고 말하며 입장료를 주시는 것이었다.

나는 진실로 말하건대 그 노인분 만큼은 입장료를 받고 싶지가 않았다. 그러나 엉겁결에 이미 내 손에는 입장료가 쥐어졌고, 나는 머쓱하게 신사분을 바라보다가 마음을 바꾸었다.

그래서 입장료를 받았으니 대신 이분이 부탁하는 것이라면 최선을 다해 들어 드리기로 마음먹고,

"염려 마시고 다녀오십시오. 직장 일 마치고 모시러 오실 때까지 정성을 다해 제가 돌봐드리겠습니다."

라고 쾌히 승낙을 했다.

아버지와 아들의 대화에는 늘 푸른 소나무처럼 향기로움이 있었고, 사랑이 피어났고, 믿음이 쌓여 있었다.

나무와 풀들에게는 식물성이 있어야 식물다움으로 아름답고, 동물들에게는 동물성이 있어야 동물다움으로 사랑스러우며, 인간에게는 인간성이 있어야 인간다움으로 빛이 난다고 했다.

낚싯대를 만지는 솜씨는 불편하신 몸을 초월한 프로급이었고, 움직이는 손길 또한 4차원을 살아가시는 철인처럼 보였다.

"내가 이렇게 앉아서 낚시를 하는 것은 고기를 낚는다는 즐거

움도 있지만, 이름 모를 풀꽃들과 신선한 공기와 멀리서 불어오는 바람 소리가 추억을 안겨다 주고, 삶의 의미를 느끼게 해 주는 대자연의 품에 안기고 싶어서라오."

하고 말씀하시는 노인분께 나는 감명을 받지 않을 수 없었다.

오늘따라 작은 시중을 들어드리면서 함께 할 수 있다는 시간이 내게는 너무나 행복했다.

저녁 노을이 곱게 물드는 틈 사이로 정확하게 아침에 내려왔던 빨간 차가 다시 우리집으로 들어오고 있었다.

호수는 너무나 조용한 침묵 속에 잠겨 있었고, 물 속에 비치는 풍경은 아름다움의 극치를 이루고 있었다.

아들은 오늘따라 직장 일이 많아서 조금 늦게 나오게 되었다고 말하고는 아버님이 계시는 곳으로 걸어갔다.

그 신사분은 다시 낚싯대를 거둬들이고 아버지를 등에 조심스러이 업고는 차가 있는 쪽으로 갔다.

나는 작은 짐을 들고 따라가며 내가 왜 이리도 행복해 하는지 모를 일이라고 생각했다.

그리고 착각이라는 것을 사랑하고자 했다.

내게 이런 효자 아들이 있다면 지금보다도 더 큰 행복감과 만족감에 삶이 얼마나 보람 있을까 하고 생각해 본다.

항상 부정적인 것보다는 긍정적인 것으로 잘도 미화시켜 오던 내가 오늘은 왜 이리 심술이 나는 것일까.

우리 세 사람이 이런저런 이야기를 나누면서 차가 있는 곳까지 왔을 때, 짧은 시간에 바람결에 날아온 낙엽들이 그 예쁜 차 위에 수북이 쌓였다.

나는 그 중에서 제일 곱게 물이 든 나무 잎새 하나를 주워 깨끗이 닦은 후 어른께 내밀었다.

"어르신, 오늘 저희 집에 오신 기념으로 이 낙엽을 선물로 드리고 싶습니다. 돌아오는 봄에는 이 낙엽보다 더 아름답고 생기가 넘쳐 흘러서 푸른 잎새를 다시 보시러 오시기 바랍니다."

두 분이 떠나고 난 빈 자리를 바라보는 내 마음은 그리움으로 젖어들고 있었다.

손님과 주인과의 대화는 참으로 중요한 것이다.

내 집에 오신 손님을 맞이하는 태도는 언제나 넉넉함이 있어야 한다는 것을 늘 배우면서 살아가는 생활이지만, 그것 또한 쉬운 일이 아니라는 것을 누구보다도 뼈저리게 느끼면서 살아간다.

오늘은 보기 드문 살아 있는 효도를 실천하는 모습을 보았으니, 나 역시 더 열심히 작은 일에도 최선을 다하는 사람으로 살아야겠다.

호수에 잠긴 달

오늘 밤은 호수에 잠긴 달이 너무도 야무지고 아름답고 알차게 보인다. 혼자 바라보기에는 너무 아까워 식구들 모두가 풀밭 위에 요를 깔고 하늘을 바라보며 누웠다.

팔월 한가위다.

둥근 달 속에 비치는 나의 모습은 외로움이 가득한 얼굴이다. 그래서 맑고 고운 호숫가에 서서 삶에 대해 이해할 수 없었던 고통과 슬픔까지도 말끔히 세수를 시켜 주는 가을 밤의 보름달에게, 삶을 뜨겁게 사랑할 수 있는 용기와 지혜를 주십사 하고 기도를 한다.

가을날 길가에 길다랗게 줄지어 피어 있는 코스모스의 꽃잎처럼 나 또한 마음이 가느다랗게 흔들릴 때면 나는 내가 살고 있는 호숫가에 서서 때로는 짧게, 때로는 길게 아름다운 색깔로 내 삶의 무게의 힘으로 그림을 그리듯이 색칠을 한다.

요즈음 사랑하는 사람들의 예기치 않은 죽음으로, 잘 살아가다가 어느 날 갑자기 죽음의 순간을 맛보는 그 이웃들을 위로하기

보다는 스스로가 위로받고자 하는 강한 용틀임을 느낀다. 그래서 흔들리는 나약함 앞에서 누구나가 언제가 될지는 알 수 없어도 한번은 꼭 가야 한다는 자연의 법칙 안에서 나의 마지막 순간도 생각해 본다. 그러면서 '내일의 운명이 달라진다 하여도 오늘만큼은 더욱더 진하고 아름답게 살리라'고 결심을 한다.

호박이 주렁주렁 매달린 집 뒷 마당의 넝쿨을 바라보니 그 속에 숨은 듯이 올라오는 작은 꽃들 속에 열매들이 얼굴을 쑥 내밀고 있었다.

"내가 원하는 것은 바로 이 모습을 보고 싶었던 거야."
하고 중얼거리면서 호박밭으로 발소리를 죽여 가면서 줄기를 밟지 않으려고 곡예사의 춤을 추었다.

누렇게 익은 호박, 파랗게 진한 빛으로 색깔을 맞추는 호박, 살며시 영글어 가고 있는 아주 작은 호박들은 내게 있어 깨달음의 매개체다.

사랑하는 사람들이 내 곁을 하나 둘씩 떠나가듯이 나 역시 자연이 만들어 주는 아름다움 속에서 살다가, 어느 날 한 줌의 흙으로 남게 됨을 헤아려 보며 내가 살아 있음을 확인할 수 있을 것 같다.

부부란 둘이서 함께 가정을 꾸미며 살아가는 삶이다. 그런데 사랑하는 사람이 앓고 있어도 대신 아파 줄 수 없고 그저 안타까움으로 눈물로써 바라보기만 해야 하는 막막함이 우리를 슬프게 한다. 함께 살아가는 동안 많은 것들을 통해 매일 삶을 배우며 조금씩 기도하는 짧은 순간의 행복을 나는 맛보기 시작한다.

오늘 밤은 호수에 잠긴 달이 너무도 야무지고 아름답고 알차게 보인다. 혼자 바라보기에는 너무도 아까워서 식구들 모두가 풀밭 위에 두터운 스폰지 요를 한 장 깔고 하늘을 바라보면서 누웠다.

잔잔한 물결 위에 커다란 산이 또 하나 그림처럼 그려져 있고 작은 배가 좌대 옆에 묶여져 있었다. 그리고 호수 위로 우리 가족의 모습들이 가족 사진처럼 찍혀 있었다.

지금은 시와 음악이 따로 없다. 살아 숨쉬는 모든 존재 자체가 시와 음악인 것을, 하늘과 산과 호수가 나에게 조금씩 가르쳐 준다.

나는 우리 가족 모두의 손을 포개어 잡고서 아무 말도 하지 않았다. 소나무 빛 향기처럼 오래 된 나의 사랑을 남편과 아이들에게 골고루 나누어 주면서, 삶의 기쁨을 비로소 호수에 나와 깨닫는다.

새벽녘, 전화벨 소리에 놀라 잠을 깨었다.

목소리가 차분하게 가라앉은 음성이다. 어젯밤 늦게 낚시를 왔다가 잠을 깨우기가 송구스러워서 그냥 낚시를 하다가, 새벽에 중요한 일이 생각나서 낚시터를 떠나오면서 낚시 요금을 우리 집 계단 밑에 있는 화분 옆에 큰 돌멩이로 눌러 놓았으니 찾아서 받으시라는 말씀이었다.

나는 뜻밖의 전화를 받고 잠시 당황하였다. 그래서,

"예, 감사합니다. 감사합니다."

라고 인사말로 대신하였다.

살아 있음에 보람을 느끼는 한 순간의 기쁨이다.

낚시 요금을 받을 때마다 느끼는 감정의 변화는 요란하다. 어떤 분은 몇 번이고 받으러 갔을 때 요금을 마지못해 주는 분이 있는가 하면, 때로는 차 안에 지갑을 놓고 왔으니 낚시하고 갈 때 드리겠다고 하고는 끝내 그냥 가 버리는 얌체 낚시꾼도 있다.

그러나 새벽녘에 전화까지 주신 양심적으로 살아가는 분들이 계시기에 우리는 모든 것들을 풍성하게 키우고, 아무리 돈이 많아도 값지게 쓰지 않으면 가난하고, 아무리 가난하여도 마음이 곱고 아름다우면 삶이 풍요로우며, 그러면서도 돈으로 살 수 없는 것이 인간의 마음임을 깨닫는다.

내 기억 속에 영원히 남을 이름 모를 그분에게 상대방의 커다란 가치를 주는 삶의 방법을 자연스럽게 배우고 싶다.

별 하나의 행복

부부에게 있어 행복이란 늘 사랑 속에서 변화하고, 기쁨을 얻고, 다시 그 변화 속에서 아름다움과 신뢰하는 마음을 서로 나누는 것이다. 좋은 아내, 좋은 남편은 서로가 늘 변화하는 가운데 서로를 존경하고 존경받는다.

가을은 아름다우면서도 쓸쓸하다.

고운 색깔과 무늬로 숲속에 내려앉은 낙엽진 잎새마다 하고 싶었던 말을 글로 써내려고 하는 것보다는, 돌과 나무와 마른 잎새 속에 감추어진 이끼처럼 사랑을 나눈다.

우리의 살아가는 일상 속에서 가장 소중하게 생각하며 아끼는 행복은 어디에 있는 것이라고 표현하며 말할 수 있을까?

여자에게 있어 행복이란, 좋은 남편을 만나 비싼 자동차에다 비싼 옷을 입고 대궐 같은 집에서 산다고 해서 모두가 행복한 것은 아닐 것이다.

오늘 아침엔 여느 때보다 일찍 일어나서 남편의 도시락 반찬을 만들면서, 실로 오랜만에 젖어 보는 이상 야릇한 마음을 가져 본다.

바쁘게 살아온 십여 년의 세월 동안 매년 가을 산 한번 오르지 못한 남편에게, 오늘은 등산화랑 양말이랑 등산복을 챙겨 놓으면서, 배낭 속에는 물과 함께 친구분들과 맛있게 잡수시라고 반찬을 이것저것 정성껏 만들어 넣어 드렸다. 그러자 돌아서는 나에게 어깨를 툭 치면서,

"고마워요."

하면서 싱긋 웃어 주신다.

남편과 아이들이 수선을 피우며 떠나간 빈 자리에 홀로 서서 한가로운 나의 시간이 주어지는 순간을 틈타 명상에 잠겨 본다. 좋은 남편, 좋은 아내란 서로에게 늘 기쁨을 주고, 새롭게 적셔 내는 위안을 주고, 늘 새로워질 수 있는 마음가짐 속에서 희망을 가지게 하는 일이다. 좋은 아내, 좋은 남편은 서로가 늘 변화하는 가운데 서로를 존경하고 존경받는다.

가까운 분들의 경우를 보면, 남편이 아내의 말을 귀담아 들어주고 지혜로운 아내의 충고에 따라 삶의 방향을 바꾸어서, 남편 자신의 행복을 비롯해 가족 모두의 행복을 동시에 이루고 살아가는 분들이 많다.

반면 때로는 허영심과 자존심이 지나치게 강한 아내들로 인해 가정이 파괴되는 경우도 보아 왔다.

그러나 부부에게 있어 '행복'이란 늘 사랑 속에서 변화하고, 기쁨을 얻고, 다시 그 변화 속에서 아름다움과 신뢰하는 마음을 서로 나누는 것이라고 생각한다.

실로 오랜만에 단풍의 계절 10월의 아침 향기 속에서, 앞산과

뒷산의 아름다운 색깔로 드려진 나무 잎새와 흰 새가 날고 있는 호수를 바라보면서 차이코프스키의 〈안단테 칸타빌레〉의 음악을 몇 번이고 거듭해서 들어 본다.

사랑하는 남편과 커가는 아이들에 대한 사랑이 나에게 오늘의 생활의 활력소를 갖게 해 주었다. 내 마음속에 하느님의 보살핌이 계시다는 믿음 아래 그 어떤 걱정이나 두려움이 없는 평화를 얻는다. 나의 오늘의 뚜렷함의 기운이 생겨나고 또한 밝음의 내일이 믿음 안에서 무엇을 이루어 낼 수 있다면 그 이상의 무엇을 더 바라겠는가. 자유롭게 하느님의 사랑 안에서 음악을 듣고 있으니 지금 참으로 행복하다.

자연의 아름다움과 음악 속에는 신비한 흐름이 있다. 10월의 단풍 색깔 속에는 무한의 시간을 향해 끝없이 달려가고픈 아름다움이 있다. 시간은 향기로운 음악처럼 흘러 삶의 한 순간을 진실하게 하고, 그 속에 내가 흐르고 있다는 것을 인식하게 하여 밝은 미래를 내다보게 한다.

오늘 하루는 내가 좋아하는 음악을 들으면서 해가 서산 마루에 걸려 있을 때까지 옛날을 그리워하면서 꼼짝을 하지 않았다.

차 소리가 집 앞에서 멈추고, 두 딸아이의 웃음 소리가 들려 오고, 현관으로 들어오는 남편의 입가에는 웃음이 가득하다.

친구들과 함께 산꼭대기에 올라 아득한 마을과 길을 내려다보며 둘러앉아 점심 도시락을 맛있게 먹으면서 이야기꽃을 피우고, 홀가분해진 배낭을 메고 산을 내려올 때의 그 기분이 어떤 것이었는지 아시겠소 하면서 유쾌하게 웃는 모습이 나를 무척 행복하게 한다.

오늘 밤은 두 손 모아 기도를 하고 싶다.

생명을 영원하게 하시는 거룩한 분이시며, 이 세상 모든 것이 맑음에서 나와 맑음으로 흐르는 맑은 빛을 주시어 아름다운 현실을 꾸밀 수 있도록 도와주시며, 이 세상에 작은 풀꽃 한 송이에게도 생명을 넘치게 하시는 이여, 나에게 온갖 것들이 새로운 빛깔과 얼굴로 다가오게 하소서라고.

제2부
사랑의 종소리

감사의 샘물

모든 것을 긍정적으로 받아들이는 경찰관 자매의 마음 자세가 우리에게 희망을 안겨다 주고 신뢰감을 갖게 해 주어 마음 흐뭇하다.

가을 들판에 고운 빛깔로 익어가는 열매처럼, 헌신하며 봉사하는 마음 모아 제51주년 경찰의 날을 맞이하여, 감사하는 마음으로 촛불을 밝혀 그 빛 둘레에서 고마움과 놀라움, 새로움으로, 오늘은 말보다는 신뢰하는 믿음으로 축하의 꽃다발을 진심으로 우리 국립 경찰관님께 바치고 싶다.

전국을 통틀어 치안 일선에서 활약하는 투캅스 자매가 여섯 쌍밖에 없는데, 이번에 경찰의 날을 맞이하여 정보 업무 분야에서 남다른 열의와 성실성을 보인 전희경 씨에게 경찰청장님의 표창이 주어졌다.

여성의 몸으로 정보과 형사 노릇을 하는 일이 쉽지는 않았을 것이다.

동생 전주연 씨는 교통사고 조사반으로 뛰면서 언니의 표창 받는 소식을 듣고 달려와 두 자매가 만나 손을 맞잡고서 화알짝 웃는 모습이 백합처럼 희고 어여쁘게 보였다.

이들 자매가 경찰관이 된 데는 전직 경찰관이었던 아버지께서 여경 시험이 있으니 한번 쳐 봐라고 권하셔서, 별생각 없이 시험을 쳤다가 합격이 되었고, 동생 되는 주연 씨도 대학 3학년 때 경험삼아 한번 시험에 응했는데 그만 덜컥 붙어 버린 영광을 안았단다.

언니 희경 씨는 결혼을 하여 네 살배기 딸이 있는데, 상황이 벌어지면 아이를 친척이나 시부모님께 맡겨야 하는 일이 가장 큰 걱정으로 다가와 가슴이 아프단다.

한총련 사건 때도 네 살배기 딸을 여기저기 맡겨야 했는데 그런 고충으로 친척들에게도 매우 죄송스럽단다.

동생이 경찰관과 결혼하겠다면 어떻겠냐고 하니까,

"글쎄요."

라는 답으로 동생을 바라보았는데 동생은,

"아내가 안쓰러워 눈물을 흘려 주는 남편도 사랑스럽지 않아요?"

라면서 적극적이었다. 모든 것을 긍정적으로 받아들이는 마음의 자세가 우리에게 희망을 안겨다 주고 신뢰감을 갖게 했다.

두 자매는 각기 생각은 다르지만 한 가지 일치하는 마음은 '가족사'를 '경찰사'의 한 페이지에 끼워 놓고 싶다는 것이었다.

여성으로서 모든 악조건 속에서도 투철한 사명감을 갖고 활약하는 여성 경찰관이 앞으로는 더욱더 많이 탄생되었으면 한다.

아울러 국민은 법과 질서를 잘 지키고, 나라와 국민의 생명, 신체 및 재산의 안전보험을 책임진 헌신 봉사하는 전국의 경찰관님들은, 감사하는 마음과 사랑과 신뢰감을 갖고서 억울한 일, 의논할 일, 내 힘으로 풀 수 없는 어려움을 함께 극복할 수 있도록 마음 따뜻한 경찰관이 되어 주셨으면 한다.

낙엽이 흩어지는 어느 날의 오후였다.

어두움이 내리깔리는 초저녁에 우리 가족이 저녁식사를 하려고 모두들 저녁상 앞에 앉으려는 순간, 밖에서 이상한 굉음 소리가 들려 왔다. 그래서 모두들 문을 박차고 뛰어나와 보니까 회오리바람과 함께 작은 개집이 날아가고 헬기가 앉으려고 하는 주위의 모든 것이 흩어져 날았다.

나는 급히 집안으로 식구들을 대피시켰다.

결국은 헬기가 앉지도 못하고 다시 높이 올랐다.

차가 다니고 있는 가로수에는 나무가 강한 바람에 뽑혀져 있어서 경찰서에다 신고를 하였다.

급하게 달려온 경찰관 아저씨와 함께 도로변에 누워 있는 나무들을 차들이 위험하지 않도록 치웠다.

그런데 우리집 양어장 지붕이 갈기갈기 찢어져서 하늘이 다 보였다. 헬기의 바람이 얼마나 강하고 위험한 것인가를 그때서야 알았다.

다행히 주변에는 사람들이 없어서 인명 피해는 없었지만 낚시터에 세워 둔 자가용들의 차 위에 낙엽들이 쌓여 아름다운 색깔로 수를 놓아 놓았다.

경찰관 아저씨는 우리집의 피해 상황을 보고하셨다. 나는 고마움과 놀라움과 함께 잠시 숨호흡을 했다.

경찰관들은 항상 불행한 일을 당한 국민들에게 더 많은 관심을 베풀어 주고, 국민은 경찰관님들의 가족과 친지들에게 새로운 마음가짐과 시선으로 감싸주고, 사랑으로 감사의 기쁨을 함께 나누었으면 한다.

정성을 다한 선행이 아무런 보답도 받지 못하고 비난과 오해의 굴레에서 쓸쓸함을 느낄 때, 힘과 용기를 줄 수 있는 마음이 되고, 이 가을날에 향기로운 열매의 씨앗처럼, 감사의 기쁨과 은혜로운 삶의 기쁨을 함께 나누자.

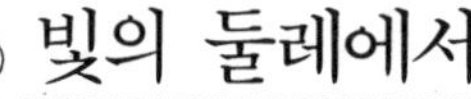

빛의 둘레에서

가로수 아래 뒹굴며 한 잎 두 잎 빨간 색으로 곱게 물든 낙엽이 바람결에 흩어져 가는 소리를 들으며, 차가워진 손을 주머니 속으로 넣어 보는 이 순간이 나는 참으로 좋다.

어머니의 따뜻한 품속같이 느껴지는 짧은 시간의 촉감이 어린 시절의 추억이 그리움 되어 쌓여 갈 때, 내 마음은 한 개의 타오르는 촛불과도 같아진다.

우리가 높은 산을 오를 때는 큰 산등성이와 여러 개의 낮은 산등성이도 넘어야 한다. 험한 길 속에서 서로의 손을 맞잡고 조심스럽게 넘어가야 할 위기에 놓였을 땐 힘을 합하여 어려움을 이겨내는 서로를 믿는 믿음 같은 마음이 때로는 삶의 희열을 배우게 한다.

끝없이 넓고 푸른 바다에 이르기 위해서는 여러 개의 작은 강물이 모여 큰 바다에 합쳐지듯이, 우리 지역의 민안신문이 다섯 살에서 한 살을 보탠 여섯 살이 되었다.

진심으로 축하를 드린다.

타향 땅에서 고향을 그리워하면서 살아가는 소중한 이웃에서 우리의 특산품과 발전하는 모습을 신속하게 알려주고, 신문 1면에 모범 안성인의 소개에서 지역 발전과 더불어 사회에서 봉사하면서 살아가는 훌륭한 분들을 소개할 때마다, 남을 사랑한다면서 말로만 사랑하여 온 나 자신이 참으로 부끄럽기만 하다. 누구에게 조금이라도 보탬이 되어 주자고 말하면서도 아직도 미루기만 해 온 오늘이 후회스럽기조차 하다.

민안신문은 우리 안성 군민의 자랑이요, 군민의 요람이다. 이 신문은 누구나 쉽게 읽고 쉽게 이해할 수 있는 한글로 되어 있다. 그래서 한글을 사랑할 줄 알며, 한글을 자랑할 수 있는 독자들의 마음을 읽는 신문이라고 생각한다.

신문 2면에서의 동정란에는 군수님께서 추곡수매장을 예고없이 들러서 쌀쌀한 날씨 속에 수매에 참가한 농민들의 노고에 격려의 말씀과 함께 애로사항을 청취하셨다고 보도된 것을 읽고 코끝이 찡해지는 무어라 표현하기 힘든 고마움을 느꼈다.

김정기 도의원님의, 근로자의 권익과 생활향상, 복지시설, 중소기업의 자금난 해소와 고금리·고비용·저효율의 구조 개선을 위해, 이들 중소기업 등에 실질 혜택이 돌아가도록 중소기업 육성기금 지원시 융자 한도, 상환 기간의 확대 및 금리를 저렴하게 해 줄 것을 당부하셨다는 기사를 읽고, 하루빨리 우리 군민의 어려움들이 하나씩 풀어졌으면 한다.

요즈음 눈깜짝할 사이에 너무나 놀라운 일들이 많이 일어나는 세상을 살면서, 우리 군민이 꼭 지켜야 할 질서의식 속에서 112 신고를 하는 데에는 겁을 내면서 실상으로는 남의 일처럼 생각해 왔었다.

그래서 신문지상으로만 보아 온 한병락 경찰서장님께서는, 112와 동일한 숫자인 11월 2일을 112 범죄신고의 날로 정하고, 안성 군민회관 앞 광장에서 이종건 군수님을 비롯하여 모든 협력단체 장님들과 함께 신고의식 강화를 다짐했다. 그리고 안성군은 사통팔달로 교통망이 연결되어 있어서 여행성 범죄가 많이 발생하고 있다며, 며칠 전 안성경찰서에서 검거한 차량 절도범은 우리 군민이 112 신고에 의해 추적한 결과 범인을 잡을 수 있었다고 했다.

무장간첩 침투 사건도 택시 기사가 그냥 지나쳤더라면 국가 안위에 커다란 문제가 생겼을 것이 아니겠는가.

나는 요즈음 주위의 친척과 친구들이 당하는 교통사고 소식을 들으면서, 정말 우리 군민의 신고 정신이 절실히 필요하다는 것을 새삼 피부로 느꼈다.

범죄 목격자의 신고가 사건 해결에 있어서 한 가족을 죽음에서 살려낼 수 있다는 중요한 신고정신을 군민 모두가 생활화했으면 한다.

신문의 역할은 안성 군민 모두에게 주는 위대한 힘이라고 생각한다.

분필 가루와 백성초등학교 아이들의 초롱한 눈빛과 운동장에서 뛰어 놀고 있는 왁자지껄한 모습을 바라보면서, 자연과 인간의 조화로운 세계의 탐색작업을 통해 어린 꿈나무들에게 우리 민족의 긍지와 전통의식, 자연 사랑의 정신을 일깨워 주시며 동시집을 내신 김관식 선생님의 《꽃처럼 산다면》을 읽고 잠시 속으로 기도를 한다. 훌륭한 선생님들이 우리의 징검다리가 되어 메마른 가지에 물 오른 수목처럼 싱싱한 사랑을 주고, 우리의 자녀들에게 지혜로운 삶을 살아가게 해 주시고, 구김살 없는 착한 마음으로 하늘의 샛별처럼 빛을 향해 눈뜨는 맑고 고운 빛의 꿈나무가 되게 하여 주옵소서라고.

민안신문이 여섯 살이 되고 지령 2백호 출판기념식에 가족과 친지와 이웃처럼 항상 기뻐하는 이의 마음처럼 새 힘을 얻게 하여 주시고, 지금보다 더욱 열심히 갈고 닦는 신문이 되길 빈다.

사랑의 종소리

눈 오는 날, 바람 부는 날, 비 오는 날……. 12월은 이렇게 우리의 가슴을 묘한 감정으로 아프게 하며 시작된다.

흰 눈이 펑펑 쏟아지는 겨울날, 온 산하를 뒤덮은 눈꽃을 바라보며 홀로 된 친구를 위해 편지를 쓴다.

눈송이처럼 아름다운 마음을 가진 친구가 지금쯤 무엇을 하면서 두 아이의 학비며 생계를 꾸려 나가고 있는지 궁금하고 한편으로 마음이 아프기 때문이다. 하지만 내 작은 가슴이 아려만 오고 '사랑하는 친구야' 하고 몇 번이고 반복되는 말만 썼을 뿐, 그 다음은 무슨 말부터 어떻게 써야 할지 몰라서 흰 눈이 펑펑 내리는 창밖에 서서 유리창에다 '힘을 내'라고 낙서를 한다.

너와 나의 여고 시절, '삶이 그대를 속일지라도 슬퍼하거나 노여워하지 말아라/슬픔의 날 참고 견디면 머지않아 기쁨의 날 오리니'라는 푸시킨의 시구를 좋아했었다.

너와 나의 고향은 따뜻한 남쪽 나라였기 때문에 눈을 쳐다본다는 것은 꿈속의 왕자님을 만나는 것만큼이나 환상의 세계였었다.

그런데 지금의 너는 따뜻한 남쪽 나라에 살고 있고 나는 흰 눈이 펑펑 내리는 설경 속에 있다. '산 너머 저쪽 더욱 멀리 행복이 있다고 사람들은 말하네/나는 그를 찾아 님 따라 갔다가 눈물만 머금고 되돌아왔네'라는 칼붓세의 시가 오늘에 와서 삶의 고통도 배우고 어느 정도 지혜롭게 살아가야 할 현실의 눈도 뜨게 한다.

글 쓰기를 좋아했던 나는 친구네 집에 가득 쌓아 둔 책들을 바라보면서 얼마나 부러워했었던지…….

오빠와 언니들이 많은 친구는 책을 좋아하는 나에게 서슴없이 많은 책들을 빌려주고, 나는 또 욕심을 내어 꼬박 밤을 새워 가면서 빌려온 책들을 열심히 읽었지.

그때 읽었던 책들 중에 지금도 내 머리에 남아 있는 황순원의 〈소나기〉에 나오는 순결한 사랑에 감동받은 나는, 주인공들을 아끼며, 나 역시 그것을 지키기 위해 무척이나 노력했었다. 그리고 이광수의 〈사랑〉만큼이나 나도 누구를 뜨겁게 사랑하였었고, 심훈의 〈상록수〉, 앙드레 지드의 〈좁은 문〉, 괴테의 〈젊은 베르테르의 슬픔〉 등을 몇 번이고 읽었다. 그러다가 멀리 미국 가서 살고 있는 언니에게 많이도 머리를 쥐어박혔었다.

어린 나이에 이런 책을 읽는다면서 핀잔을 주면서도 언니 역시 내가 빌려온 책들을 읽으며 빙그레 웃곤 했었다.

지금에 와서 지난날들을 되돌아보며 여고 시절에 그토록 열심히 읽었던 기억들을 더듬으면서, 지금 이렇게 부족함이 많은 글을 쓰면서 더욱더 많은 공부를 하리라는 생각으로, 오늘을 살며 또 내일에 대한 기대감으로 희망을 가져 본다.

거리에는 벌써 구세군의 종소리가 사랑의 손길을 기다리고 있었다.

올해는 누구나 다 힘겨웁고, 생활에 쪼들리고, 일자리를 잃어버린 가장들이 크나큰 충격을 받아 신경정신과 병원을 찾아 병을 호소하는 이가 많다고 한다. 이런 조심스런 얘기를 듣고 우울에 잠겨 있는 내 마음 또한 무겁기만 하다.

겨울비가 소리없이 내리는 초등학교 운동장을, 우산도 받치지 않고 어린이가 되고 싶다는 동심을 안고 교실 안을 들어섰다. 그러자 어린 시절의 내 모습을 보는 것 같아서 잠시 넋을 잃고 무대를 바라보고 서 있으려니까, 막내딸이 쪼르르 달려와 내 손을 이끌고 '다음 차례는 제가 독후감 발표회를 해야 합니다' 하고 자랑스럽게 웃음짓는다. 그 모습이 내게 새로운 힘을 안겨다 준다.

동극과 피아노 독주, 무언극, 단소 연주, 동화 구연, 농악, 독후감 발표, 5학년 어린이 오미소 양의 부모님께 드리는 글을 들으면서, 나는 갑자기 저며 오는 아픔에 얼굴을 들 수가 없었다.

아버지는 정신병원에서 요양중이고 어머니는 가출해 버리고, 할아버지와 할머니의 보살핌 속에서 살아가는 기구한 운명의 두 자매의 슬픈 이야기…….

목이 메어 말을 못하고 울어버리는 모습을 바라보면서 어린 가슴에 얼마나 큰 대못이 박혀 있으면 저럴까 싶었다.

'저 슬픔을 어떻게 하나' 하고 나는 나도 모르게 눈시울을 적셨다.

사랑의 종을 고난과 슬픔과 어려움과 역경의 길에서 헤매는 이름 모를 모든 분들께 들려 주고 싶다.

주님께 두 손 모아 비나니, 크신 은총 베푸사 밝아오는 이 아침을 환히 비춰 주소서.

오 주여! 우리 모든 허물을 성혈의 피로 씻으시고 하느님의 사랑 안에서 행복을 갖게 하소서. 믿음 안에서, 소망 가운데, 사랑 안에서, 서로 손잡고 가는 길, 오 주여, 사랑의 종소리가 이 시간 우리 모두를 감싸게 하여 주소서.

진흙 속에 피는 꽃

겨울비가 내리는 오후다.

바람이 세차게 불어오고 나무가 흔들거리는 모습을 바라보고 있으면 살아 있음의 보람을 느끼게 된다. 그 속에서 자연의 아름다움을 맛보며 기쁨도 만난다.

전화벨이 따르릉 하고 두 번 울린다.

평소에 내가 아끼며 사랑한 그녀의 목소리다.

"언니, 새해에는 은총 많이 받으셔서 지금보다 더 기쁘게 사셔서 저와 같은 불행한 이들에게 힘과 용기를 주세요."

"그래, 아우님도 주님 은총 많이 받으셔서 가족들과 함께 살아야지……."

마음이 아름다운 그녀를 만난 인연은 5~6년 전의 일이다.

내가 조그마한 음식점을 개업하기 위해 교육을 받아야 했다.

지금은 수원에서 하루만 교육을 받으면 되지만, 그때는 일산에서 1박 2일을 받아야만이 수료증을 받을 수가 있었다.

그 당시만 해도 경기 지역에서 교육을 받기 위해 오는 사람들이 많았다.

큰 방 한 칸에 30여 명의 여성들이 모였었는데, 그 중에 안성에서 오신 분들이 10명이 조금 넘었다.

가재는 게 편이라는 속담처럼 우리는 같은 동향이라는 것만으로 뜻을 모아 함께 즐거운 마음으로 뭉쳤다.

그날 반장을 뽑았는데, 우리가 힘을 합쳐서 안성 지역의 한 분을 뽑아 수료식 때에는 대표로 상을 받게 해 주었다.

일행 중에서 말이 없고 제일 젊어 보이고, 몸매도 아름다울 뿐만 아니라 얼굴도 예쁜 그녀를 사랑하기로 했다.

교육을 마치고 돌아오는 날, 버스 안에서 내가 묻는 말에 대답하면서 그녀가 그만 내 작은 품안에 안기더니 엉엉 울어 버리는 것이었다.

어떻게나 슬프게 우는지, 그녀의 눈물을 멈추게 할 수가 없어서 실컷 울도록 내버려 두었다.

아들 하나, 딸 하나를 남편에게 맡겨 두고 집을 나와서 안성 땅 낯선 곳에 와 보니, 아무도 반겨 주는 사람 없고, 여자 혼자 몸으로 무엇을 할까 하고 작은 자본으로 할 것이라고는 술집밖에 없더라는 것이었다.

아가씨를 구해서 자기는 뒷전에서 재료 구입만 해 주고 경영을 하니까 별로 남는 것은 없지만, 집을 나올 때 어린 두 아이들과 한 약속 때문에 어떻게 해서라도 돈을 모아서 함께 살아야 할 기쁨의 그날을 위해 열심히 모아야 한다고 했다.

밤이면 남편을 원망하면서 아이들이 걱정되어 잠을 못 이루는데, 그래서 자신도 고통을 잊고자 함께 술을 마시면서 살아간다고 했다.

남편은 의처증 환자로 직장에 갔다오면 까닭없이 문을 잠그고는 사정없이 매질을 한다는 것이었다.

처음에는 아이들 때문에 아프다는 소리 한마디 못하고 그냥 이유없이 맞았는데, 이를 보다 못한 시숙님이 작은 돈을 마련해 주면서 몇 년간만 숨어서 살라고 남편 몰래 내보내 주시더란다.

그날 이후 우리는 가끔 만났다.

그녀가 살고 있는 곳은 술집들이 줄지어 서 있어서 내가 찾아가려고 하면 찾아오지 못하게 했다.

이유는 남이 보면 언니를 어떻게 생각하겠느냐는 것이 그녀의 염려였지만, 나는 그녀의 의견을 무시하고 그녀의 마음을 바로 잡아 주기 위해 찾아갔다.

때로는 술에 취해 곯아 떨어져 있는 모습에 안타까움을 금치 못하고 몇 마디의 글을 남기고 오곤 했다.

그래도 걱정이 풀리지 않아 전화를 하면 그렇게 반가워할 수가 없었다.

그녀의 목에는 항상 작은 십자가 목걸이가 걸려 있었다.

"아우야, 아침에 눈을 떠 '주님, 감사합니다'라고 말을 하면 하루 종일 좋은 일만 생기고, 즐거울 수가 있을 테니까 절대로 죽겠다는 말만은 입에 담지 마라."

그녀는 5년 간을 잘 견뎌 냈고, 울며 불며 고통의 세월을 보냈던 악몽의 시간들도 지났다.

전화선을 타고 들려 오는 그녀의 목소리는 옛날보다 훨씬 맑고 고와졌다.

"언니, 그 동안 참 고마웠어요. 이제는 남편과 아이들 곁으로 가요. 큰아이가 대학에 합격을 했거든요. 돈은 많이 못 모았지만, 그래도 가서 제가 못다 해 준 사랑을 지금 가장 중요한 시기에 듬뿍 주고, 언니 생각하며 열심히 살께요."

이렇게 인사말을 하고 떠나간 그녀가 지금은 관광지로 유명한 곳에서 조그마한 가게를 내어 열심히 살아가고 있단다.

남편과 두 아이들은 엄마가 있는 곳을 알려주지 않고 전화만 했었기에 안성 땅에서 무엇을 하고 살았는지 모른단다.

그래서 나도 일체 비밀로 할 생각이며, 그녀와의 약속을 지킬 것을 마음 깊이 다짐했다.

진흙 속에서도 아름다운 꽃은 피어날 수 있음에 감사드린다.

환하게 길을 열어 주소서

가끔 자가용차 뒷면 유리창 위에다 '내 탓이오'라는 스티커를 붙이고 다니는 차들을 바라볼 때면 잠시나마 마음의 평화를 느낀다. 모든 잘못된 일들을 내 탓으로 돌린다면 낯선 이웃도 내 형제처럼 사랑이 간다.

별들이 아름답게 수를 놓고 있는 겨울 밤 하늘, 외롭게 조금씩 줄어들고 있는 둥근 달을 쳐다보면서 나라 안팎으로 시끄럽고, 듣기에도 거북하고, 바라보기에도 힘든 묵은 해를 보내면서 새로운 한 해를 맞이한다.

새해엔 마음마다 집집마다 거리마다 환하게 구원의 길을 열어 주소서.

지나간 한 해의 것들은 모두 묻어 두고 새해엔 새로운 마음으로 내 마음의 양심을 세탁하고 싶다.

지키지도 못할 약속을 해 놓고는 스스로 부담스러워한 적도 많았고, 사소한 일로 짜증내면서 남에게 책임을 떠넘기려는 이기심과, 여럿이 모여 남의 이야기에 꽃을 피우며 내가 그 자리에 없을 때는 나에 대한 험담도 할 수 있을 거라는 생각을 미처 못하고 선뜻 화제를 돌리지 못했던 마음의 어리석음이 부끄럽다.

할 일이 많은 것이 행복인 것을 모르고 바쁘다는 핑계로 자신을 위해서는 억지로라도 시간을 내면서, 이웃을 사랑하는 마음은 실천하지 못한 때문은 마음을 세척하고 싶다.

새해에는 내 가정부터 화목하고 웃음과 사랑이 가득 넘치고 자연의 섭리에 순응하는 나무들처럼 은혜로운 삶의 기쁨을 노래하며 살아가려고 한다.

어린 시절 친정 어머니께서 가끔 우리들에게 들려 주시던 추억 어린 이야기가 있다.

아주 옛날, 어느 마을에 대궐 같은 집에 살고 있는 부잣집과 아주 가난하게 살고 있는 초가집이 있었는데, 대궐같이 큰 집에서는 웃음 소리가 담장 밖으로 새어 나오질 않았는데 초가집에서는 늘 어른과 아이들의 웃음 소리가 그칠 줄을 모르고 새어 나왔단다 하시면서, 그 비결이 무엇에 있었는지 아느냐고 우리에게 물으셨었다. 그러면 우리 5남매는 수수께끼 풀듯이 저마다의 생각을 얘기했었는데 제각기 답변이 달랐었다.

그때마다 우리집에서는 웃음이 가득했다.

5남매의 말을 조용히 앉아 듣고만 계시던 어머니께서는 부잣집에는 자식이 없어서 웃음이 없었고, 가난한 초가집에는 비록 먹을 것과 입을 것이 풍족하지 않아도 콩 한 조각이라도 쪼개어서 나눠 먹었다고 한다. 그리고 옷은 형이 동생에게 물려주고, 서로 사랑하며 양보하는 가운데 부모님을 공경하며 살았다고 한다. 그러면서 그렇게 사는 것이 행복한 삶이라고 말씀하셨다.

요즈음 현대에서는 이렇게 비유를 한다.

한 집은 싸움 소리가 나고 다른 한 집은 웃음 소리가 그칠 날이 없었다. 그래서 싸움 소리집 남자가 웃음 소리집 남자에게 그 비결을 물었다.

"아! 그건 간단합니다. 우리 집에는 모두 나쁜 사람만 살아서 그렇습니다."

"그게 무슨 말씀이십니까?"
하고 눈을 크게 뜨면서 물었다.

"가령, 내가 방 한가운데 놓여 있던 물 그릇을 모르고 엎질렀다고 합시다. 그러면 아내는 제가 물 그릇을 놓아 두어서 그렇게 되었으니 자기 탓이라고 합니다.

그러면 또 어머니께서는 나잇살이나 먹은 내가 보고도 치우지 못했으니 내 탓이다라고 하십니다.

모두가 자진해서 나쁜 사람이 되려고 하니 싸움을 하고 싶어도 할 수가 없답니다."

가끔 자가용차 뒷면 유리창 위에다 '내 탓이오'라는 스티커를 붙이고 다니는 차들을 바라볼 때면 잠시나마 마음의 평화를 느낄 수 있다.

모든 잘못된 일들을 '내 탓으로' 돌린다면 먼 길도 가까워지는 것 같고 낯선 이웃도 내 형제처럼 사랑이 간다. 요즈음 신문을 보면 자식을 키우는 어머니로서 걱정이 앞선다.

인기 절정의 농구 대잔치가 벌어지는 곳이면 어디서나 발견할 수 있는 소위 오빠 부대의 모습이다.

한때 주력 부대였던 여고생들은 이미 뒷전으로 밀려나고, 이제는 초등학교 여자 어린이들이 여중생들의 자리를 위협하게 되었다. 그리고 초등학교 여자 어린이들로 구성된 팬클럽도 10개가 넘는다. 이렇게 너무 어려서부터 흥분하는 버릇을 갖는 건 좋지 않다. 이러한 것들을 자제시켜야 한다는 견해에 나는 찬성한다.

빨갛게 솟아 오르는 새해 아침에 밝은 눈과 밝은 귀로 우리가 살아온 길, 우리가 살아가야 할 길이 무엇인가를 거듭 생각하며 따스한 빛과 불의 향기로 모든 것을 새로이 구워내는 삶의 환한 길을 가게 하소서.

지푸라기 꽃

아침에 일어나서 창문을 열면 맑고 고운 호숫가에 온천수처럼 김이 모락모락 피어오른다.

앙상한 나뭇가지 사이로 하얗게 피어오르는 노송나무 위의 작은 꽃봉오리는 간밤에 얼어붙은 얼음꽃이었다.

아침 햇살을 맞아 숲속의 나무들은 표현하기 힘들 정도의 아름다움을 발한다.

'아- 아' 하고 감탄의 소리를 지르며 희망이 고인 잔잔한 호수를 바라본다.

나는 글 쓰기를 무척이나 좋아했다.

밝은 햇빛과 바람, 공기, 물 등 아름다운 자연이 가져다 주는 환경 속에서 살고 있는 것에 대해 늘 감사함을 느낀다.

내가 살고 있는 이 세상에서 남이 몰라주더라도 작으나마 선행과 봉사를 겸손하게 실천할 수 있도록 노력하며, 많은 사람들로부터 사랑도 많이 받았다. 반면 질투도 더러 받았고, 이해도 많이 받았지만 오해도 많이 받았다. 또 기쁜 일도 많았고 슬픈 일도 많았다.

그러나 나에게 있어서는 모든 것이 다 소중했고 필요한 삶의 모습이었다. 왜 이렇게도 고백하기 위한 시간이 오래 걸렸는지 모르겠다.

오늘은 고백의 촛불 하나를 밝혀 두고서 지푸라기 꽃(포인세치아)의 아름다운 전설을 떠올려 본다.

오래 전에 독일의 어느 시골 성당에서 일어난 일이다.

가난한 한 소녀가 아기 예수님께 드릴 성탄 선물을 마련하기 위해, 춥고 배고픈 중에도 조금씩 동전을 모았다. 성탄 전날에 소녀는 선물을 사기 위해 길을 나섰는데, 가게를 조금 못 미치는 곳에서 헐벗은 거지가 엎드려 구걸을 하고 있는 것을 보았다.

소녀는 잠시 망설이다가 거지에게 동전 두 닢을 떨어뜨리고 집으로 돌아왔다.

해가 저물고 자정이 거의 다가오자 소녀는 슬퍼졌다. 구유에 갖다 놓을 선물이라고는 집안 어디에서도 찾을 수 없었기 때문이었다.

그렇게 한참을 망설인 소녀는 헛간에 가서 마른 지푸라기를 정성껏 싸서 들고 자정 미사에 갔다.

장엄한 미사중에 드디어 아기 예수님이 탄생하심을 알리는 종소리가 요란하게 울리고, 사람들이 아기 예수님께 경배드리러 긴 행렬을 이룰 때 소녀도 조용히 줄을 섰다. 소녀의 차례가 되었을 때, 소녀는 누가 볼까 부끄러워하며 가만히 '지푸라기 꽃'을 아기 예수님의 발치에 놓았다. 그 순간 구유가 온통 빛나면서 그 자리에 아름답고 찬란한 '포인세치아'가 피어났다.

사람들이 깜짝 놀라 누가 저렇게 아름다운 선물을 했는지에 대해 수군거릴 때, 소녀는 기쁨과 감동에 젖어 조용히 아기 예수님의 성탄을 경배했다.

작은 자, 가난한 자의 모습으로 이 세상에 현존하시고, 가난한 자의 마음 안에서 겸손을 발견하시기를 원하는 사랑만큼, 나에게도 작은 자가 누리는 행복을 주시라고 기도해 본다.

사람은 어느 장소에서든 서너 명 이상만 모이면 남을 칭찬하거나 격려하는 이야기보다는 대개는 남의 험담하기를 좋아한다.

해님은 이렇고, 달님은 저렇고, 별님은 어떻고. 그러나 남의 말을 하기 좋아하는 나는 과연 얼마만큼 옳고 바르게 살아가고 있는지…….

해님의 눈으로 나를 바라보는 마음, 달님의 마음으로 나를 생각하는 마음, 별님의 입장에서 나를 똑바로 쳐다본다면, 나 자신이 모두의 입장에서 살아가는 모습으로 연습을 한다면, 되도록 자주 할수록 마음이 따뜻해지고 남을 사랑할 수 있는 마음의 평화가 가득하여지리라 생각한다.

요즘 사회에서는 개인주의와 이기심으로 청소년들의 정신적인 방황과 탈선이 심각하다. 이러한 것은 가정에서부터 문제점이 시작됨을 알아야 한다. 옛날 우리의 가정교육은 아버지가 경제력의 중심으로서 가장 중요한 위치에서 가족들의 사안을 결정하셨고, 가족들은 절대적으로 아버지를 존경하며 따랐다. 어머니는 밥상 앞에서 아버지가 수저를 들지 않으면 우리들에게 절대로 먼저 수저를 들지 못하게 하셨고, 아버지의 자리는 따뜻한 아랫목에다 방석을 깔아서 고정석을 마련해 두었으며, 그 자리에 자식이 앉는다는 것은 생각도 못했었다.

이러한 작은 일에서부터 세심하게 생각하셨던 어머니께서는 웃어른에 대한 예우와 공경심, 도덕심을 길러 주셨다. 우리가 살아가고 있는 세상 만사는 모두가 나 하기에 달려 있다는 생각을 해 본다.

한 소녀가 지푸라기 꽃을 피어나게 하였듯이, 교만하지 않고 겸손하게 살아가는 순수한 모습과, 무조건적인 사랑으로 겨울밤 촛불이 타오르는 정결하고 기쁨을 주는 시간 속으로, 내가 걸어온 길과 지금 가고 있는 길, 그 길에서 만난 이들의 수없는 얼굴들을 그림 그리듯이 그려 본다.

겨울 이야기

꽁꽁 얼어붙은 호수 위로 흰 눈이 흩날려 여기저기에 솜이불을 깔아 놓은 듯이 흰 눈밭을 만들어 놓았다. 멀리서 불어오는 바람소리에 나는 문득 외로움을 안는다.

어제도 오늘도 호수에 구멍을 뚫고 앉아 강추위에 떨면서도 낚싯대에 걸려 올라오는 작은 물고기들의 몸부림을 바라보며, 자기와의 싸움에서 이겨 보겠다는 낚시꾼의 모습에서 인간의 정신과 인내, 선, 성취욕 등이 얼마나 강한지를 알 수 있다.

능력 있는 사람들의 삶의 모습을 보는 것 같아서 나는 '희망'이라는 두 글자를 호수 위에 써 본다. 그럴 때마다 손가락 끝이 시리고 아프다.

싫지 않은 이 느낌은 겨울의 호수에서만 바라볼 수 있는 작은 행복이기도 하다.

그러나 나는 봄이 오기를 기다린다. 흰 눈발이 곱게 깔려 있는 외로움이 짙은 겨울의 호수보다는, 따뜻한 햇빛과 푸른 하늘과 파아란 물결이 굽이쳐 흐르는 호수를 나는 사랑하는 연인처럼 좋아한다.

요즈음 신문을 보면, 데모에 부도, 불경기, 굶주림에 지쳐 탈출해 온 귀순자의 모습이 눈에 띈다. 이런 모습을 상세히 보여주는 조간신문을 읽으면서 마음이 무거워져 오는 속일 수 없는 아픔을 느낀다.

그러나 나에게 나라가 없다면 어떻게 살아갈 수 있는가.

나와 나의 후손이 편안하게 살 수 없음을 우리는 일제의 침략만으로도 뼈저리게 체험하지 않았는가.

많은 애국 지사들의 숭고한 정신의 피가 우리 몸 속에 흐르고 있다. 그러나 우리는 그 숭고한 정신의 피보다는, 어떻게 되든 나만 편하고 내 이익만 챙기면 된다는 이기심으로 자신을 망치고 있다. 이러한 풍조가 나라를 망친다는 생각은 왜 못하는지 모르겠다.

위정자나 공직자의 잘못을 따지고 불평은 총알같이 쉼없이 하면서, '나'를 뒤돌아보는 마음의 자세와 '나'를 고치려고 하는 노력은 별로 보이지 않는다.

남을 진정으로 칭송하는 마음과 애정 어린 호소와 함께 걱정하는 마음을 보여줄 수 있다면, 지금보다 훨씬 잘 해낼 수 있는 힘이 생길 것이다.

옛 어른들께서는 스승님을 존경하며 그림자도 밟지 않으셨다고 한다.

선생님은 교단에서 신명이 나야 잘 가르칠 수 있으며, 사랑의 회초리로 제자를 때릴 수 있는 의기를 꺾지 않아야 하는 것이, 오늘날 우리 부모님의 태도라고 나는 생각한다.

전철 안에서나 버스 안에서나 요즈음 학생들은 웃어른들께 자리 양보라는 것이 없다. 심지어는 노약자의 좌석을 차지하고 앉아서 눈을 내리깔고 잠자는 척하며 팔짱을 끼고서 일어설 줄 모르는 버릇없는 이들도 많다. 이들을 오늘날의 우리 젊은이들로 키워냈으니 누구의 책임이라고 말할 수 있겠는가.

이러한 현상은 결국 우리의 책임이며 우리의 손해인 것이다.

시어머님을 연탄 광에 가두어 놓고서 굶어 죽게 한 오늘날의 비정한 현실 속에서, 내가 부모에게 효도하는 삶을 배운 자식이 후일 나에게도 효도하는 삶을 보여준다는 사실을 명심하자.

그러나 엄동설한에 어머님을 얼어 죽게 한 그 불쌍한 사람의 삶은 우리가 보지 않아도 알 수가 있다.

인간의 삶의 방법은 서로가 다 오가게 마련이다.

부모를 학대하면 자기도 학대를 받을 것이며, 남과 웃어른과 부모님을 잘 섬기면 그 복이 자기에게 쌓여 오는 것을 알아야 한다. 그러면 삶이 기쁘고 아름답고 복된 오늘을 살 수 있다는 것을 왜 모르고 살아가는지 답답하다.

달빛이 곱게 스며들어 오는 겨울 창가에서 '인생의 큰 슬픔 앞에서는 용기를 보이고 작은 슬픔 안에서는 인내를 보이십시오'라는 말씀을 되뇌며 하늘을 쳐다본다.

　호수 주변에는 도토리 껍질과 솔방울, 낙엽 속에 감추어진 초록 빛깔의 이끼가 숨쉬고 있다. 인생을 살아가는 삶의 행복, 언제나 감사하는 마음, 내일을 향해서 발돋움할 수 있는 용기, 소중한 이웃들의 사랑은 우리가 서로에게 얼마나 감사하며 살아가는 삶인지 확인시켜 준다.

빛과 그림자

바람이 몹시 불고 추워지는 겨울이 오면 나무의 흔들림처럼 내 작은 숨소리도 추위 속으로 녹아 들어가 버릴 것같이 불안해진다. 이토록 불안한 마음을 안고 날씨가 혹독하게 추워지면 걱정되는 이웃들이 많이 있다.

터미널 앞에서 작게 비닐 포장을 치고 앉아서 과일들을 팔고 계시는 노부부가 있다. 그들은 의지할 자식 하나 없이 비가 오나 눈이 오나 두 분이 함께 과일 가게 앞에 나란히 앉아서 손님을 기다린다. 그러한 그들의 모습을 볼 때면 내 가슴은 아픔으로 저며 온다.

그러나 그 두 분은 주름진 얼굴에 언제나 잔잔한 미소가 흘러 열심히 살아가는 모습을 보여준다. 그 모습 안에서 나는 삶의 용기와 지혜를 찾곤 한다.

내일은 구정이다.

그 동안 가까운 이웃에게서 받아 온 사랑을 보답하고자 작은 설탕을 한 봉지씩 정성스럽게 포장해서 가까운 친지와 이웃과 형제들에게 주며, 살아서 누릴 수 있는 삶의 자리에서 함께 사랑을 나누어 본다.

설탕은 조금 가지고도 음식 맛이 달게 되네. 비누를 조금 가지고도 내 몸이 깨끗이 되네. 햇볕을 조금 가지고도 새싹이 자라네. 조금 남은 몽당 연필로 책 한 권을 다 쓰네. 조금 남은 양초 하늘하늘 춤추는 불빛 아무리 작더라도 불빛은 즐겁지. 조금 웃는 웃음이라도 웃음은 이상하지. 조금 웃는 아기 웃음이 세상에서 제일 귀엽지.

엘리자베드 노벨의 〈조금〉(Alittle)이란 동시를 나는 무척 좋아한다. 그래서 추석날이나 구정 때가 되면 꼭 작은 설탕으로 이웃간에 사랑을 나눈다. 친지의 집을 방문할 때에도, 내가 선물한 설탕으로 내가 모르는 사람에게 따뜻한 차 한 잔을 대접할 때 '나를 생각하며 설탕을 조금 넣어 드리겠지' 하는 작은 바람 속에서 나는 삶의 풍요로움을 느끼며 행복감에 젖는다.

매일 아침에 일어나서 성모님 상 앞에 놓여 있는 초에다 불을 켜고 기도중에 타다 남은 양초를 주워 모아, 다시 녹여서 초를 만들어 주는 작은 딸아이의 정성을 생각하면서, 나는 딸 셋의 연필들을 내 손으로 정성되이 깎아 주면서 그들의 공부하는 모습에서 서로의 소중함과 고마움과 새로움을 느낀다. 앞으로 더욱더 매일 매일의 살아가는 삶에 충실하며 기쁘게 살고 싶다.

오늘은 고향으로 달려가는 나들이 귀성객들이 줄을 지어서 거북이 걸음을 하고 있다.

교통사고가 많이 일어나 사고 현장으로 달려오는 경찰관 아저씨는 힘든 근무에도 얼굴 한번 찡그리지 않고 불철주야로 이리 뛰고 저리 뛴다. 그러한 그들의 모습을 바라보면서 한없는 고마움을 느낀다.

오늘도 현장 경찰, 유니폼에 피로로 얼룩지는 것도 잊은 채 부상자 후송에 땀흘리는 모습 안에서, 밤이면 음주 운전을 단속하느라 식사도 햄버거와 우유로 대신하는 그분들의 건강이 염려스러워 잠시 생각에 잠긴다.

신문 지상으로 보는, 과로에 지쳐 쓰러져 순직사를 하고, 유가족들의 오열 속에서 떠나보내는 그들을 마음으로라도 위로를 보내며, 그분들의 노고에 감사드린다. 이제는 범죄 없는 나라, 사고 없는 나라, 국민 스스로가 법을 지키며 살아가야 할 태도가 되어 있어야 한다고 생각한다.

예산과 인력이 너무 부족한 현실 속에서도 서로 위로하며 사랑하고 의지하며 살아가는 경찰관 아저씨들의 희망찬 모습을 우연히 길가에서 눈을 크게 뜨고 바라보았다.

안성읍이나 변두리 지역에서 24시간 근무하시는 부하 직원들을 격려하기 위해, 손수 순시하는 중에 따뜻한 차 한잔을 권하는 서장님의 부하 사랑하시는 모습을 본 나는, 눈시울이 뜨거워져 옴을 느꼈다.

남들이 바라보기에는, 그만한 일로 감격하고 그러느냐고 할지 모르겠지만……

어느 날인가 예기치 않은 돌발 사고로 곤경에 빠진 적이 있었다. 술에 만취된 사람이 우리 차 앞에서 비틀거리는 모습을 피하려다가 우리 가족이 다함께 천국으로 갈 뻔했다. 그때는 정말 글로는 표현할 수 없는 어떤 놀라움이 있었다.

그때 우리 가족이 경찰관 아저씨로부터 받은 친절과 보살핌은 지금도 잊을 수가 없다.

남이 알아주지 않더라도 그 많은 어려운 여건 속에서도 선행과 봉사하는 마음으로 오늘을 살아가는 경찰관 아저씨들과 그 가족들에게 진심으로 감사드린다. 우리와 함께 빛과 그림자처럼 세월을 안고 움직이는 모습 안에서 우리의 마음도 항상 열려 있음을 보여주고 싶다.

고부간의 사랑

고부간의 사랑을 산처럼 키워 가자. 산에 오르면 숨이 가빠지면서 호흡이 잠시 멈추듯 했다. 다시 심호흡을 하면 시원한 바람과 함께 자연 그대로의 몸이 되듯이…….

산에 오르면 구름이 있고, 돌과 나무와 이끼와 흔들리는 갈꽃 숲으로 가을이 가는 소리를 듣는다.

갈꽃 흩어지는 바람 속으로 늘 푸르게 우뚝 서 있는 소나무를 바라보면, 침묵 속에 다가오는 소나무 빛을 닮은 오래 된 나의 사랑이 떠올라 그리운 얼굴 하나를 꿈속같이 그려 본다.

우리 여성에게는 일곱 가지 아름다운 덕목이 있다.

베푸는 마음에는 욕심이 없어야 하고, 참는 마음에는 자비로운 행동이 뒤따라야 하고, 깨끗한 마음에는 바른 행동으로 삶을 살아야 하고, 부드러운 마음속에는 행동이 살아 숨쉬어야 하고, 따뜻한 마음속에는 사랑의 행동으로서 남몰래 봉사해야 하고, 노력하는 마음속에는 근면한 행동으로서 모범이 되어야 하고, 밝은 마음속에는 지혜로운 행동으로서 훌륭한 가정을 이끌어 나가야 하는 것이 우리 여성들의 마음가짐이라고 생각한다.

오래 전 가까운 이웃에 함께 살았던 어느 가정의 이야기를 쓰고 싶다.

우리의 가정에서 흔히 일어날 수 있는 이야기이다. 이와 같은 일들이 지금도 계속되고 있는 가정이 있다면 진실로 바라옵건대, 서로의 마음을 비우고 사랑으로 화해하시길 바라는 마음으로 이 글을 쓴다.

보람이 엄마는 가난한 가정에서 태어나 독학으로 공부를 해서 대학 동창생과 결혼할 때 혼수감도 없이 결혼식만 올리고 가정을 꾸렸다.

홀시어머니께서는 아들 하나라 꿈도 많았고, 남부럽지 않게 대학원까지 공부시켰으니 며느리에게 걸었던 기대감은 말로 표현할 수가 없었다.

부잣집 딸을 며느리로 삼아 사돈네끼리 오고감은 물론 예단도 많이 받고 자기도 며느리에게 많이 해 주리라 마음먹었던 것이다. 그런데 하루아침에 물거품이 되어 버렸으니 며느리를 미워하는 마음이 날이 갈수록 커지기만 하여 서로간에 갈등이 쌓여만 갔다.

손주를 보면 태도가 달라지시겠지 하는 기대감은 오히려 크나큰 불씨로 변해 버렸다.

누구 자식인지 모르고 아이를 낳았다면서 안아 보시기는커녕, 아이가 울면 데리고 나가라고 호령을 하신단다. 그래서 아이를 들쳐 업고 큰 마당 뜰에 나와서 눈물을 흘리고 서 있으면 보람이

아빠가 살며시 문을 열고 나와서는 나직한 목소리로,

"여보, 나를 이만큼 키워 주셨으니 어머니를 미워하지 마. 마음 돌리실 때까지 조금만 참자."

하고 위로하며 감싸주는 남편의 사랑 때문에 둘째 아이 보영이를 낳았다.

몇 년간을 불편한 관계를 유지하다 보니 며느리도 마음이 변하여 이제는 오히려 시어머니를 본의 아니게 구박하기에 이르렀다. 그러고 보니 어느 날 갑자기 홀시어머니께서 짐을 꾸려 가지고 양로원으로 들어가셨다.

보람이 엄마는 온 세상이 아름답게 보였다.

시어머니가 계실 때 못다한 것을 한풀이라도 하듯이 외출도 잦았고 새 물건을 살 때마다 아이들이 물어 온다.

"엄마, 이 물건은 어떻게 할까요?"

"응, 그건 그대로 할머니 방에 갖다 놓아라."

미움의 마음을 물건에다 화풀이하였다.

어느 날 보람이에게 무늬가 곱고 색깔이 밝은 담요를 사 주었다. 그래서 낡은 담요를 버리려고 나가니까 보람이가,

"어머니, 그 담요를 왜 버리세요? 어머니가 할머니처럼 양로원 가실 때 갖고 가서 쓰시면 되잖아요!"

하면서 그 헌 담요를 할머니 방에다 갖다 놓는 아들의 태도에 갑자기 느껴 오는 그 무엇인가의 아픔 때문에, 그날 밤은 한숨도 못 자고 새벽녘에 처음으로 어머님께 길고 긴 편지를 쓰면서 한없이 울었단다.

어머니로부터 답장은 없었으나 보람이 엄마는 열심히 자기의 마음에서 우러나오는 진실된 마음을 표현해 보내 드리고, 몇 달이 지난 후에는 양로원에서 손수 짐을 정리해서 집으로 돌아오신 시어머니께 무릎을 꿇고 앉아서 잘못을 빌었단다. 그랬더니 시어머니가 오히려,

"아니다. 내가 너무 욕심이 많아서 네게 아픈 상처를 주었구나."

하시면서 눈물로 얼룩진 며느리의 얼굴을 닦아 주면서 시어머니도 한없이 우셨단다.

울고 계시는 할머니를 바라보던 보람이와 보영이가 달려가서 품에 안기니까 금방 웃음꽃이 화알짝 피더라는 아름다운 이야기이다.

고부간의 사랑을 산처럼 키워 가자. 산에 오르면 숨이 가빠지면서 호흡이 잠시 멈추듯이 했다가 다시 심호흡을 하면 시원한 바람과 함께 자연 그대로의 몸이 되듯이, 우리는 부모님 공경하기를 산을 닮아야 할 것 같다.

봄의 향내음

우리가 살아가는 이 세상살이에서 '내것이란 없다'라는 생각이 든다. 모든 것을 잠시 빌려 썼다가 되돌려 주고 갈 뿐 영원히 죽지 않고 소유할 수 있는 것은 아무것도 없기 때문이다.

봄이 오는 소리에 우리 집에 있는 나무와 나무 사이에서 파아란 새싹이 움튼다. 나뭇가지 위에서 정답게 울어대는 새소리에서도 즐거움이 가득 차고, 식탁 위에서 보글보글 끓고 있는 봄 내음새의 된장찌개와 달래의 향기 속에서 조용히 봄이 가져다 주는 행복감에 젖어 본다. 그리고 유난히도 길었던 겨울의 아픔을 생각하며 편견과 교만, 우울, 불신 따위의 얼어붙었던 마음을 사랑과 희망이란 힘으로 탈바꿈시키기 위해 경건한 마음으로 통회의 기도를 한다.

우리의 삶이 고달프고 고통스런 것임을 살면서 늘 피부로 느낀다. 때로는 우리가 서 있어야 할 자리와 방향을 잃어버리고 누군가의 도움이 절실히 필요하지만, 주위를 돌아보면 아무도 도와줄 사람이 없음을 느낄 때의 그 절망감과 외로움이란 감당하기에 너무나 힘이 든다.

그러나 해마다 봄이면 기다려지는, 낚시꾼들의 따뜻함과 명랑함, 고마워할 줄 아는 마음, 서로 만나서 가뻐하는 얼굴들이 있어서 나는 창조적인 삶을 살아가는 것 같다.

우리 집의 자랑거리는 봄과 같은 사람들이 많이 찾아와서, 남자는 낚시를 하면서 자연의 사랑에 흠뻑 젖고, 여자는 파릇파릇 돋아 나오는 봄나물을 뜯으면서 달래랑 냉이의 향내음에 젖어서 봄을 노래하는 즐거움이다.

우리 집엔 비교적 많은 나무들이 자라고 있다. 내가 좋아하는 목련나무에서부터 소나무, 잦나무, 향나무, 벚꽃나무, 살구나무 등…….

키가 너무 자라서 옮겨 심어 주는 작업을 하면서 뿌리째 뽑느라고 힘이 들었지만, 힘겨운 만큼 뿌리가 약하면 자랄 수도 없고 예쁜 꽃을 피울 수도 없으며 비바람에도 쉽게 넘어져 버린다는 것을 알았다.

강한 뿌리는 땅 속에서도 아주 낮은 곳으로만 뻗어 나가면서 물기를 빨아먹고, 기름기를 흡수해서 운반하여 주고, 태풍 속에서도 강하게 버티어 낸다. 나무들은 그런 작업을 자기 자신을 위한 것이 아니라 줄기와 꽃과 열매를 위해 숨은 봉사를 한다.

조이스 킬대의 〈나무들〉이란 시를 나는 봄바람의 향기에 취해 읊어 본다.

'나는 생각한다. 나무처럼 사랑스런 시를 결코 볼 수 없으리라고. 대지의 단물 흐르는 젖가슴에 굶주린 입술을 대고 있는 나무,

온종일 하느님을 보며 잎이 무성한 팔을 들어 기도하는 나무, 여름엔 머리칼에다 방울새의 보금자리를 치는 나무, 시는 나와 같은 바보가 짓지만 나무를 만드는 건 하느님뿐…….'

나는 이 시를 외울 때마다, 요즈음 흔히들 피알(PR)시대니 하면서 자기를 선전하고 앞에 나서서 활동하기 좋아하고, 무슨 무슨 '장' 직함을 자랑삼아 직분을 지켜 나가는 것보다는 지위를 중요시하다가 실수하고 절망하며 삶을 포기하는 아픔을 본다. 그리고 그들의 남아 있는 가족들이 겪어야 하는 고통을 바라보면서, 우리의 삶이 부서지고 깨어지고 마음의 병고와 육신의 병고에 시달려도 이웃간의 따뜻한 사랑이 있다면, 어떠한 고통에도 이겨낼 수 있으리라 믿는다. 이것은 바로 인간의 힘이다.

생각해 보면, 칭찬도 영광도 모두가 죽음 앞에서는 어느 누구도 피할 수 없는 인간의 조건이며 삶의 조건이다.

오늘은 봄 날씨답지 않게 바람과 함께 흰 눈발이 흩날리고 있다. 봄이 오는 것을 시새움이라도 하는 듯이 꽃샘 바람은 나무들을 마구 흔들어 몸부림치게 한다.

〈나무들〉이란 시 속에서 시인은 끝맺음을 '나무를 만드는 것은 하느님뿐'이라고 했다.

나무를 바라보노라면, 인간이 태어날 때 '벌거벗고 태어난 몸, 알몸으로 돌아가리라'는 말씀처럼, 나무들 또한 겨울을 지낼 때 모든 잎을 벗어 버리고 나무 뿌리가 주는 물만 빨아먹고 살아감을 느낄 수 있다.

우리가 살아가는 이 세상살이에서 '내 것이란 없다'라는 생각이 든다.

내가 살고 있는 집, 냉장고, TV, 자동차, 자식, 감정, 표현, 지식……. 그 모든 것들을 잠시 빌려 썼다가 되돌려주고 갈 뿐, 영원히 죽지 않고 소유할 수 있는 것은 아무 것도 없다는 것을 깨닫는다. 기쁜 마음으로 봄을 맞이하며, 한 그루의 나무처럼 내가 서야 할 땅에 뿌리를 내리며, 사계절의 변화에 적응하는 나무들처럼 나도 살아가는 삶의 변화에 적응하며, 하느님과 이웃간의 사랑으로 겸손과 지혜를 모으는 한 그루의 기도의 나무가 되어 보리라.

몸도 튼튼 마음도 튼튼

건강한 자녀는 사랑과 화목에서 만들어지고, 뜻이 높은 자녀는 희망에 의해 만들어지며, 강한 자녀는 인내에 의해 만들어지며, 감사할 줄 아는 자녀는 정에 의해 만들어진다.

오월은 사랑의 노래 속에 감미롭게 속삭이며 다가온다. 추억의 어린 시절이 거짓없이 차분하게 기쁨을 일구며 아침에 솟아오르는 둥근 해의 빛을 받으며, 작은 풀꽃들과 함께 온갖 새싹들이 땅 속에서 파릇파릇 돋아 나온다. 빨간 꽃, 노란 꽃, 흰색의 아름다운 꽃들처럼 우리들의 자녀들이 아침에 일어나서,

"아버지 어머니, 안녕히 주무셨습니까?"

하고 인사할 줄 아는 어린이로 키워 주시길 바라고, 숙제를 못해도 거들지 말며, 자기 스스로 문제를 풀도록 하여 주고, 학교 성적으로 형제간에 비교를 해서 기죽이지 말며, 아이들의 방 정리는 스스로 할 수 있도록 하고, 남들과의 대화 속에는 분명한 예의가 필요로 하고, 윗사람과의 대화 속에서는 반드시 존대말로써 다스려야 하고, 세상을 살아가는 동안에는 꼭 법이 있다는 것을

가르쳐야 하며, 학교를 오고가는 길도 꼭 걸어서 가는 것이 건강에 좋다는 것을 인식시켜 주어야 한다. 또 남의 나쁜 점을 이야기하는 것보다는 좋은 점을 말할 수 있는 포용력 있는 자녀로 키워낼 수 있다면 우리의 삶은 참으로 행복할 것이다.

오월은 사랑의 계절이며 희망의 달이기도 하다. 그리고 어린이의 달이기도 하다. 또 아이들의 세상이라고도 말들을 한다. 아무런 간섭 없이 그저 잘했다, 오냐 오냐 하며 응석을 받아 주는 부모님들 때문에 만들어진 말일 것이다.

요즈음의 아이들은 우리가 자랄 때와는 달리 따끔한 사랑의 회초리가 사라진 지 오래이며, 어떤 어린이든 간에 집에서 귀염을 독차지하며 상전 대우를 받으며 자라고 있다.

아침에 일어나서 책가방까지 챙겨 주는 부모님과, 밥이 싫다고 빵을 달라고 조르면 밥이 있어도 금방 가게에 가서 빵을 사다 주는 지금의 우리 부모님들, 한번쯤 깊이 생각해 보아야 한다.

어느 날 예식장 안에서 예식이 한창 진행되고 있는데, 아이들이 여기저기를 뛰어다니고 장난을 치고 큰소리를 내며 소란을 피우는데도 주의를 주는 부모가 별로 없었다.

내가 '조용히 해야지, 그러면 못써' 하고 주의를 주고 싶었지만, '당신이 뭔데 남의 아이 기를 죽이느냐'고 대드는 부모에게 망신 당할까 봐 그저 보고만 있어야 했다. 그런 현실이 안타깝기 그지없다.

옛날에 '잘살아 보세, 잘살아 보세, 우리도 한번 잘살아 보세'라는 범국민적인 노래가 물질적인 발전에 급급한 나머지 생겨난 만큼, '사람답게 진실하게 깨끗하게 살아 보자'는 정신적인 발전은 까마득히 잊어버린 소홀함이 우리를 병들게 한 탓이라고 생각한다.

물은 빠져도 콩나물은 자란다는 말이 있다.

어른들은 TV를 보며 시간을 보내거나 소중한 시간을 고스톱으로 즐기며 먹고 마시면서, 자녀들에겐 공부하란다면 자녀들이 과연 잘 할 수 있을까.

지금부터라도 우리는 좋은 글을 읽으면서 좋은 생각, 아름다운 말, 품위 있는 행동을 하기 위해서 책을 읽어야 한다.

어느 신문에서 읽었던가.

일본의 국력은 전철 안에서도 독서하는 풍토에서 생기고, 한국을 돌아보고 책 읽는 사람이 적으니 조금도 무섭지 않다고 얕잡아 쓴 외국인의 글을 읽고, 수치심으로 나부터라도 책을 읽어야 한다고 생각되어 작은 책 한 권이라도 꼭 갖고 다니기로 했다.

이제 우리는 정말 바른 생활, 바른 공부를 해야 하며, 윤리 도덕을 지켜 더불어 함께 살아가는 사회에 바탕을 둔 기본 생활습관을 몸에 익혀야 한다.

어린이는 나라의 보배이며 이 나라의 기둥이다. 건강한 자녀는 사랑과 화목에서 만들어지고, 뜻이 높은 자녀는 희망에 의해 만들어지며, 강한 자녀는 인내에 의해 만들어지며, 감사할 줄 아는 자녀는 정에 의해 만들어진다고 했다.

절도 있는 자녀는 매와 통제에 의해 만들어지고, 현명한 자녀는 교육에 의해 만들어지며, 예의바른 자녀는 바른 언동에 의해 만들어진다고 했다.

착한 일을 하는 것을 '선행'이라고 한다. 이 세상에서 선을 행하는 사람이 악을 저지르는 사람보다 더 찾아 보기 힘들다면, 이 세상은 아마 살아가기 힘들 것이다.

나를 위해서 내 몸을 청결하게 하듯이, 선행 역시 남에게 보이기 위해서가 아니라 바람직한 나의 삶을 위해서 행하여야 한다고 생각한다.

우리의 자녀들에게 적어도 하루에 한 번쯤은 착한 일을 하게 하자.

어떤 대가도 바라지 않는 깨끗하고 순수하며 정직한 마음으로, 지극히 작은 선행이라도 실천할 수 있는 힘을 기르게 하여 주자.

그리하여 오늘도 착한 일을 하였다는 기쁨으로 잠자리에 들 때가 가장 행복한 시간이라는 것을 배우게 하자.

산보다 높고 바다보다 깊어라

오늘 밤은 당신께서 늘 말씀해 주시던 '사랑하지 않는 사람이 제일 가난하고 외롭고 사랑을 베풀면서 살아가는 사람이 가장 부유한 삶'이라는 그 말씀을 실천하며 살아간다는 것이 얼마나 힘이 드는가를 깨닫습니다.

어머니, 꿈속에서라도 수없이 불러 보고픈 당신 모습이 한없이 그립습니다. 언제라도 향기로운 한 송이의 백합꽃처럼 희고 맑고 고운 음성으로 반겨 주시던 지난날들을 미친 듯이 그리워하면서, 지금 어릴 적 제가 어머니와 함께 살았던 부산 집을 그려 봅니다.

내가 사랑하는 분홍빛 장미 넝쿨, 바다, 등대, 배, 구름, 별과 달, 바다 내음새…….

이 세상에서 아름다운 것들을 모두 생각해 보면서 이렇게 글을 쓰고 있는 시간도 아름다운 축복이며 행복이라고 어머니께 말씀드리고 싶습니다.

어머니, 두 눈을 꼭 감고 제가 걸어온 길, 가고 있는 길을 생각해 봅니다. 지난날들의 삶에 대한 후회는 제 가슴을 멍들게 합니다. 오늘 밤은 당신께서 늘 말씀해 주시던 '사랑하지 않는 사람이 제일 가난하고 외롭고, 사랑을 베풀면서 살아가는 사람이 가장 부유한 삶'이라는 그 말씀을 실천하며 살아간다는 것이 얼마나 힘이 드는가를 오늘에 와서야 깨달았습니다.

오늘은 음력으로 5월 5일 단오절입니다. 그리고 당신의 생신이기도 합니다.

아침 일찍 일어나셔서 창포물에다 머리를 감으시고, 우리 식구 모두에게 머리와 몸을 깨끗하게 씻으라고 큰 가마솥을 걸어 둔 아궁이에다 장작불로 물을 펄펄 끓여 주시던 그 정성과 사랑을, 오늘 이 딸은 감회에 젖어 저도 모르게 흐르는 눈물을 감출 수가 없습니다.

당신의 사랑이 너무나 크기에 제가 살고 있는 이 땅 위에 창포꽃을 심었더니, 올해도 약속이라도 한 것처럼 제 키보다 조금 낮은 초록빛 잎새에다 노란꽃을 많이도 피웠습니다.

아름답게 피어 있는 창포꽃이 시들 때까지만이라도 나는 당신을 바라보듯이 언제나 사랑하는 마음과, 당신을 그리워하는 마음으로 살고자 합니다.

어머니, 계절이 바뀔 때마다 우리집 꽃밭과 뒤뜰에는 이름 모를 꽃들과 함께 청포도가 주렁주렁 열렸었죠?

그때는 아버지께서 손수 대나무를 엮어 만드신 작은 마룻바닥에 둘러앉아서 이야기꽃을 피웠던 웃음 소리가 오늘 따라 유난히도 그립습니다. 바다보다 더 넓고 깊으며 산보다 더 높고 넓으신 침묵 속에서 잠들고 계시는 '어머니'라는 당신의 이름을 크게 불러 보고 있습니다.

당신은 참으로 사랑이 넘치시는 분이셨습니다.

제가 중학교 2학년 때에 아버지의 사업 실패로 모든 재산을 한 꺼번에 다 내어주시고 우리 5남매를 데리고 남의 집 셋방살이를 하시면서 나보다 어렸던 막내 동생이,

"어머니, 왜 옆집 문수 집에서는 쌀밥을 많이도 먹는데 우리는 보리밥만 주시지요?"

하면서 어머니의 얼굴 표정만을 살피면서 쌀밥을 해 달라고 졸랐던 막내 동생을 부둥켜안고 소리 죽여 가면서 섧게섧게 우시던 그 모습을 생각하면 지금도 제 가슴은 아픔으로 미어져 옵니다.

그때에 받았던 그 충격이 너무도 컸었지만, 나는 입술을 깨물면서 결심을 하였습니다.

어떻게 해서라도 내 힘으로 공부를 해 보겠다는 일념으로, 학교 갔다와서는 저녁 늦게까지 남의 집 심부름에서 스웨터에 수놓는 일까지 하면서 학비를 벌었습니다.

중학교를 어렵게 졸업한 후, 고등학교는 다행히도 부잣집 가정교사로 들어가서 가족들과 헤어져서 학교를 다녔었지요. 일요일 날 잠시 집으로 들를 때에는 용돈 주시는 것을 아껴 썼다가 어머니 손에 쥐여 주시면, 나를 당신 품에 안아 주시면서 머리를 쓰다듬어 주시면서,

"너는 내게 이 세상에서 가장 소중한 딸이야. 너는 무엇이든 해낼 수 있고, 할 수 있다."

라는 말씀으로 내게 용기를 주셨습니다.

그래서 저는 어머니의 말씀처럼 고등학교 3년 동안을 부모님

도움 없이 졸업을 하였습니다.

때로는 힘든 나날도 많았습니다. 그러나 그때마다 저는 '나 자신과 화해하자. 세상과 화해하자. 친구와 이웃과 화해하자' 하고 수없이 되뇌면서 고통과 슬픔과 외로움 속에서 벗어날 수 있었습니다.

어머니, 6월엔 당신이 얼마나 그립고 당신의 사랑이 장미와 백합의 향기처럼 내게는 필요합니다.

어머니, 바람결에 흔들리는 나무들의 유희와 작은 풀꽃들의 속삭임 속에서 당신께 초록의 글씨로 편지를 쓰고 싶습니다.

돌아가신 당신께서 나날이 그리워하며 애태우는 딸의 편지를 받아 보실 수가 있을는지요?

나의 그리움이 포도주 같은 예쁜 핑크 빛깔의 색으로 변하는 계절 6월엔, 내가 더욱 당신을 그리워하는 마음으로 당신 무덤 앞에 앉아 있습니다.

어머니, 당신을 사랑합니다.

저의 남은 날들이 나 스스로 감당하기 어려운 날들에 부딪쳐 마음의 시달림을 받을 땐, 살아 생전에 내 곁에서 들려주셨던 '안심하여라. 겁내지 말고 용기를 가져라'는 말씀을 기억하며 그 말씀대로 살겠습니다.

스승님 은혜

이 세상에서 부모님 다음으로 존경하며 사랑을 줄 수 있었던 분은 스승님인 것 같다. 하늘보다 높고 바다보다 깊으신 스승님의 은혜를 무엇으로 보답해야 할까.

오월은 사랑의 계절이다.

어린이 날이나 어버이 날, 스승의 날 모두가 우리에게 안겨다 주는 기쁨이며, 삶의 숨소리처럼 아름답고 숭고하다. 성스러운 신의 음성처럼 오월이 가져다 주는 행복한 마음은 사랑을 안겨다 준다.

어린이 날에는 파아란 새싹처럼 자라나는 어린이들의 해맑은 웃음 속에서 우리들의 마음도 어린이 날을 회상하며 잠시나마 꿈 속의 왕자와 공주가 되어 아름다운 세계에게 마음껏 못다 이룬 꿈을 꾸어 본다. 또 어버이 날에는 가슴에 꽂아 주는 꽃 한 송이에 나도 두 딸아이의 엄마가 되어 색종이로 정성스럽게 만들어서 달아 주는 작은 손을 만져 보면서, 가슴 뭉클해져 오는 강한 아픔이 엄습해 옴을 느낀다.

나이가 들어 갈수록 부모님의 사랑이 나의 가슴 한 구석에 자리잡고 있어 잘 해 드린 마음보다는 못해 드린 기억이 더 생생하게 살아나 부모님이 살아 계시는 이웃이 부럽기만 하다.

이 세상에서 부모님 다음으로 존경하며 사랑을 줄 수 있었던 분은 스승님인 것 같다. 하늘보다 높고 바다보다 깊으신 스승님의 은혜를 무엇으로 보답을 해야 할까?

옛날의 우리 선생님께서는 오늘날의 선생님과는 달리 공부하라는 말씀보다는 먼저 인간이 되어야 한다고 했다. 그 말씀 가운데는 많은 뜻이 포함되어 있다는 생각이 든다.

모든 것이 변화되어 가는 시대적 흐름 안에서도 스승님과 제자 사이의 사랑은 변함이 없다.

어느 날 딸아이가 편지를 쓰고 있었다. 책상 앞에 앉아서 행복한 표정으로 다른 학교로 전근을 가신 담임 선생님을 못 잊어 하면서 새로 오신 담임 선생님과 반 급우들의 소식과 함께 자기의 이야기도 써 내려가는 모습을 바라보면서, 나도 딸아이의 담임 선생님이셨던 분을 존경하면서 이 글을 쓴다.

내가 들어서 알고 있는 선생님은 아이들에게 헌신적이며 교육에 엄하고, 신체 장애가 있는 제자는 변소까지도 함께 데리고 갔던 고귀한 분이셨다. 나는 그분에게서 많은 것을 배우며 깨달은 바가 있어서 학부형으로서 그분을 존경한다.

지금은 문제점이 없지만 앞으로 살아가는 길에 교육에 대한 마음의 갈등이 생길 때에는 언제든지 그 선생님의 말씀을 첫째로 삼을 생각이다.

나는 딸아이의 담임 선생님께 늘 편지로써 인사말을 올리며 좋은 점과 나쁜 점을 상세하게 적어 보냈는데, 그러면 선생님께서는 꼭 답장을 써서 보내주셨다.

일년에 한 번 자모회의 참석 말고는 학교 가는 일이 없었다.

그러나 스승의 날만큼은 꼭 딸아이 편에 한 다발의 꽃을 보내드렸다.

지나간 스승의 날에는 나는 감사하는 마음으로 편지 봉투 속에 감사의 글과 함께 한 장의 구두 티켓을 보내드렸다. 큰 선물은 아니었지만, 선생님의 보살핌에 비하면 너무나 작은 내 마음의 표현이다. 그런 그날은 마음이 무척 즐거웠다.

그런데 어느 날 딸아이가 한 장의 하얀 봉투를 가져왔다. 그 봉투 안에는 어머니의 정성을 충분히 받아들였다는 사연과 함께 구두 티켓이 다시 되돌아왔다. 그리고 딸아이의 장점과 단점을 상세히 적어 보내주셨고, 오해하시지 말라는 간곡한 말씀도 함께 적어 놓았다. 나는 오해하는 마음보다는 이렇게 진실되고 참된 교육자의 자질을 겸비하신 그분을 담임 선생님으로 모신 딸아이의 행복 앞에 기쁨이 앞섰다. 그리고 존경하는 마음을 알게 해 주신 사랑 앞에 머리 숙여 감사드린다.

그분의 사랑을 한 장의 구두 티켓으로 보답하려는 내 마음의 어리석음이 한없이 부끄러울 뿐이다.

슬픔과 기쁨

어려운 가정 형편 속에서 살아온 인미 씨의 모습은 명랑하고 친절하고 청순함이 스며 있고, 그늘진 곳은 찾아볼래야 찾아볼 수 없는 모범 공무원의 예쁜 모습이 있다.

귀뚜라미 소리가 밤의 적막을 깨뜨리고 노래를 한다.

올 여름은 유난히도 무덥다. 신문과 방송에서, 슬픔과 기쁨이 엇갈리는 희비의 쌍곡선을 그리면서 크고 작은 사건들을 보도하여 줄 때마다, 마음이 아프고 내일은 또 무슨 일이 일어날는지 하는 불안한 마음으로 조심스럽게 오늘을 살며 또 내일을 기대하는 마음은 그리 평안한 마음은 아니다.

그러나 슬픔과 힘든 오늘을 살아가면서도 늘 웃음을 잃지 않고 살아가는 모범 가정이 있어서, 나는 오늘 군청 근무 7년 경력에 환경보호과를 3년째 근무하면서 낮에는 직장 일에 열심이고 야간에는 산업대학교 식품공학과를 다니고 있는 최인미 씨를 만나 보았다.

어려운 가정 형편 속에서 살아온 인미 씨의 모습은 명랑하고 친절하고 청순함이 스며 있고, 그늘진 곳은 찾아볼래야 찾아볼 수 없는 모범 공무원의 예쁜 모습이었다.

아버지는 인미 씨가 여고 3학년 때 병환으로 돌아가시고, 여동생 하나와 남동생을 연약한 여자의 몸으로 자식 교육을 시켜야 했던 인미 씨의 어머니께서는, 그야말로 세 자녀를 키우시느라고 온갖 고생을 다하신 분이셨다. 그러면서도 언제 어디서나 웃음으로 남을 대하는 모습은 내가 본받아야 하고 배울 점이 넘치는 분이셨다.

인미 씨의 가족을 알게 된 동기는 우연한 기회에 인연을 맺게 된 것이다.

그날따라 흰 눈이 내리고 교통이 마비되는 어려운 여건 속에서, 나는 꼭 돈을 송금해야 할 약속 때문에 농협을 갔었는데, 유난히도 깨끗하고 모든 것이 정리 정돈이 잘 되어 있어서, 그 다음 날도 그 농협을 이용하면서 열심히 청소를 하고 계시는 조금은 나이가 들어 보이는 상냥한 모습의 아줌마를 보았다.

손님들에게 판매하는 농산물을 권유할 때에도 성심성의껏 상대방에게 설명해 주고, 그 물건을 사지 않고서 돌아서도 '다음에 또 오십시오'라는 인사말 때문에 나는 단골 손님이 되어 버렸다.

인미 씨가 받아다 주는 봉급은 저축을 하고, 은행에서 봉급받는 돈으로 생활이며 두 자녀들 대학을 보내기까지의 고생과 슬픔은 무엇에다 비교할 수가 없었다고 고백하셨다.

인미 씨가 대학엘 가고 싶어해도 두 동생들 때문에 6년을 참아오다가, 뒤늦게 꿈을 이룬 대학생활에 만족해 하는 딸의 모습을 바라만 보아도 행복하다는 말씀을 하며 화알짝 웃음짓는 모습은 해바라기꽃처럼 화사하게 보였다.

오늘도 산더미처럼 쌓여 있는 업무 처리를 신속하고 정확하게 일사천리로 정리하는 인미 씨를 바라보면서, 기쁨은 스스로 노력하여 꾸준한 자기 인내와 의지로 얻어지는 것이며, 끊임없이 재발견되고 가꾸어지고 길들여져야 한다는 것을 깨달았다. 매일 보물 찾기라도 하듯이 기쁨 쪽으로 방향을 돌리며 슬기롭게 살아갈 수 있는 지혜를 인미 씨의 가족에게 보일 수 있는 마음의 천사가 되고 싶다.

밝은 해, 밝은 달

어린이들마다 꿈을 심어 주시고 풀 한 포기마다 사랑을 줄 수 있는 예쁜 어린이들로 자라나게 하는 고가영 교감 선생님의 맑고 환하게 비춰 주실 교육의 향기를 알 것만 같다.

매미 소리가 학교의 큰 나무숲에서 시원하게 울고 있다.

가볍게 춤추는 나비처럼 신나게 뛰어 놀고 있는 꼬마 대장들의 작은 몸놀림들을 한참 동안 바라보다가, 사랑하지 않고는 잠시도 못 견디는 부모님들의 이유를 조금이나마 알 것 같았다.

오늘은 안성군 양성면 노곡리라는 작은 마을에 아담하게 자리 잡고 있는 미곡초등학교에서 이색적인 행사가 열렸다.

이기승 학교장님의 사랑과 꿈과 대화의 결실로 맺어진 선생님들의 노고와 함께, 학생들의 폐품으로 재활용되어서 만들어진 솜씨 발표회가 열리는 교실 안은 더위를 잊은 채 열정에 차 있었다. 모두들 희망과 미래의 창조적인 교육에 순수 학생들만의 머리 속에서 만들어져 나오는 작품의 세계는 놀라울 정도로 감동적이었고, 스티로폴 상자를 이용해서 구멍을 뚫고 물을 시간 맞춰서 주면서 콩나물을 키우는 5학년 교실 안의 분위기는 생동감이 넘쳐 흘렀다.

이 작은 학교에서는 급식이 늘 제공되었는데, 음식물이 절대로 남지 않도록, 밥알 하나 남기지 않도록 영양사 선생님께서 지도를 하시고, 간혹 남은 음식들은 개를 키우면서 사료 대신으로 주는 알뜰한 가계부도 마련했다.

이 학교의 또 하나의 자랑은 시인이신 고가영 교감 선생님이시다. 초등학교 어린이들마다 꿈을 심어 주시고 풀 한 포기마다 사랑을 줄 수 있는 예쁜 어린이들로 자라나게 하는 그 맑고 환하게 비춰 주실 교육의 향기를 나는 알 것만 같다.

유일하게 홀로 여교사로서의 품위를 지키며, 남자 선생님들 틈에서 우아한 모습으로 여자 어린이들에게 더욱더 열심히 꿈을 키우게 하시는 손양순 선생님은, 이번 교육장님 주최로 열렸던 제19회 안성종합 예능대회에서 2등의 영광을 차지할 수 있도록 몸과 마음을 다하여 지도하신 훌륭한 선생님이시다.

이번에도 식당에서 나오는 폐식용유를 이용해서 빨랫비누를 만드는 솜씨를 발휘해서 각 학교에서 초청되어 온 80여 명의 선생님들로부터 뜨거운 박수를 받았다.

행사 때마다 강당이 없어서 교실 벽을 이동식으로 만들어서 떼었다 붙였다 하는 어려움 속의 초등학교이지만, 역사와 전통을 자랑하는 사람의 나이로 헤아려 보면 회갑을 맞이해야 할 것 같다.

양성면 노곡리에 살고 계시는 분들은 모교를 무척이나 아끼며 사랑하신다. 학교생활 속에서 바쁘고 피로하고 힘든 나날이지만, 각 학생들마다에 소질이나 취미에 맞는 특기활동, 인성 교육을 위한 봉사활동을 하시는 선생님들께 머리 숙여 감사드린다.

손양순 선생님, 김인영 선생님, 정기성 선생님, 송정한 선생님, 김철수 선생님, 이세영 선생님, 한봉우 선생님 감사합니다.

청소년 여러분, 지금 무엇을 생각하고 있습니까

청소년들은 이 나라를 지켜 나가며 온 세계에 우리나라의 뿌리를 심어야 할 기둥이다. 그러므로 소중한 보석보다는 귀하고 크나큰 빛을 발하는 청소년이 되어야 한다.

창밖에는 풀벌레 소리가 요란스럽게 여러 가지 음률을 타고 한 여름 밤의 고요를 깨뜨리고 있다.

그러나 이 풀벌레들의 소리가 살아 숨쉬는 생명의 약동인 것만 같아서 싫지가 않았다.

청소년 여러분!

지금 이 시간에 여러분들은 무엇을 생각하며, 무엇을 배우며, 어떠한 생각으로 하루를 보내고 있는지요?

꿈을 가득히 담고서 끝도 없이 자기의 목표를 향해 열심히 뛰고 있는 모습을 바라본다.

그저 꿈도 희망도 목표도 잃어버리고 황금알과도 같은 시간을 그냥 무의미하게 흘러 보내 버리는 안타까운 모습도 한 장의 백지 위에 그려 본다.

며칠 전, 초등학교 학생인 큰 딸아이가 한 장의 그림을 정성스럽게 포장해서 들고 들어오는 모습을 바라보면서 그냥 지나칠까 하다가,

"네 손에 들고 있는 그림이 아주 좋아 보이네. 자! 우리 공주님께서 무엇을 그토록 소중하게 들고 있는지 엄마도 한번 볼까?"
하면서 펼쳐 보았다.

머리를 삐삐 소녀처럼 묶은 커다란 사진 속의 얼굴은 귀엽게 보이는 한 소녀의 얼굴이었다.

"어머! 얘가 누군데 그토록 소중하게 갖고 있니?"
하고 물었더니 딸아이의 대답은 정말로 명랑한 답변이었다.

이 사진 속의 얼굴은 '양파'라는 가수인데 자기 방에 크게 붙여 놓고서 매일 바라보겠다는 것이었다. 그 말에 딸아이와 나 사이에는 의견 충돌이 생겼다.

"얘야, 공부하는 학생은 이 사진 속의 가수보다는 생각할 수 있는 힘을 길러 주는 베토벤이나 헬렌 켈러, 시바이쩌 등 훌륭하신 분들의 사진을 골라서 붙여 놓는다면 얼마나 좋겠니?"
하고 물었다.

사람은 어떤 어려운 문제에 부딪쳤을 때 그 문제를 해결하기 위해 안타까워하며 많은 생각을 하면서 살아간다.

동물은 생각하는 힘이 없지만 사람은 생각하는 힘이 있기 때문에, 진리를 탐구하고 바다와 우주를 개발하고 문화 예술을 창조하고, 학문을 발전시키며 예의와 범절을 지켜 나갈 수 있는 힘이 있다.

청소년 여러분, 지금 무엇을 생각하며 무엇을 바라보고 있는지요?

지금 여러분들의 책상 앞에도 혹시 나의 딸아이처럼 유명한 OO클럽 가수들의 사진이 걸려 있지는 않는지요?

청소년들은 이 나라를 지켜 나가며 온 세계에 우리나라의 뿌리를 심어야 할 기둥이다. 그러므로 소중한 보석보다 귀하고 크나큰 빛을 발하는 청소년이 되어야 한다.

주위 환경을 돌아보면 청소년들이 마음놓고 뛰어 놀 수 있고 친구들과 오순도순 모여앉아 토론도 하며, 푸른 숲 그늘 아래에서 독서를 즐길 수 있는 문화 공간이 무척 부족하다는 것을 보게 된다. 이러한 현실은 가슴 아픈 일이 아닐 수 없다. 자식을 소중하게 생각하는 우리 부모님들이 어려서부터 깊이 생각할 줄 아는 귀한 자녀로 키워 주신다면 장차 이 나라의 훌륭한 사람이 될 것은 뻔한 일이라 생각한다.

"내가 눈을 뜨게 된다면 맨 먼저 떠오르는 해의 장엄하고 신비로운 광경을 보고 싶어요. 그리고는 예술관에 가서 세계적인 명화를 보고 싶어요."

이 말은 어둠 속에서도 빛을 찾은 헬렌 켈러의 평생 소원이었다고 한다.

무엇이든지 볼 수 있는 청소년 여러분은 지금 무엇을 보고 싶은가요?

그리고 거기에서 무엇을 찾고자 하며 무엇을 개척해 나가고 싶은가요?

청소년 여러분들이 마음의 문을 활짝 열고 열린 마음의 눈으로 아름다운 세상을 바라보면, 좋은 것이 보이고 옳은 일, 착한 일이 보여 바라보는 사람도 참으로 즐거운 마음이 되어 더욱더 아름다운 것이 보일 것이다.

청소년 여러분들은 내가 걸어온 길, 내가 걸어가야 할 길이 어디에 있으며, 내가 찾아야 할 진실은 어디에 있는지 마음의 눈을 크게 뜨고 찾아내야 한다.

도산 안창호 선생님께서는 꿈에라도 거짓말을 하지 말라고 하셨다.

학교에서, 학원에서, 생산 현장에서, 건설 현장에서, 행정관서에서, 의회에서, 일상생활 속에서 속임수를 몰아낼 수 있는 힘도 청소년 여러분의 어깨 위에서 국력이 단단해질 때 가능하다.

그리고 개인의 행복도 정직한 마음 안에서 찾아온다고 나는 믿는다.

외로운 달무리

바람이 불어온다.

낙엽 흩어지는 소리가 쓸쓸해지는 마음을 알기라도 하는 듯 회오리 바람 속으로 춤을 추면서 어딘지 모르게 흩날려 가고 있다.

찬 공기 속에 옷깃을 여미고 넓은 뜰 앞에 내려서면 하늘가에 높이 걸려 있는 고운 달무리가 옛 생각을 불러일으킨다. 늦가을의 짙은 색깔의 잎새마다 고운 입맞춤을 하고 싶다.

어느 농촌의 초가지붕 위에 외롭게 대롱대롱 달려 있는 빨간 감 몇 개가 오늘따라 왜 이렇게도 쓸쓸함으로 다가오는지, 내 감정을 감출 수가 없어서 어린아이처럼 울고만 싶었다.

초겨울 바람이 불어오고 새하얀 둥근 달이 떠오르는 밤이면, 내 방안의 창문에다 달빛이 스며들지 않도록 색종이를 오려 붙인다.

크고 고운 색종이로 엉성하게 몇 군데를 풀칠해서 붙이고 나서 그 위에다 커튼을 드리운다.

가을이 찾아오기 전에 앓는 병이다.

지금으로부터 몇 년 전 천둥 번개와 함께 폭풍우가 몰아치고 경기도 지역 일부와 내가 살고 있는 이곳의 산이 무너져내렸다. 그 동안 쌓아 온 나의 피땀 어린 노력을 수마가 온통 휩쓸어 나를 절망의 늪에서 헤매게 했을 때였다. 라디오와 TV 방송을 보고 듣고서, 나에게 있어 첫번째로 손꼽히는 벗인 친구의 남편이 제일 먼저 달려와 산처럼 높이 쌓여 있는 흙더미를 치워 주고, 실의에 빠져 있는 우리 부부에게 위로와 용기를 불어넣어 주면서 일주일 동안이나 이것저것 많은 도움을 주시고는 집으로 돌아가셨다.

시간이 흐름에 따라 어느 정도의 수해 복구가 진행되었고, 우리의 마음도 안정되어 갔다.

크고 작은 일들을 내 일처럼 살펴주신 여러 사람들께 고마움을 느끼며, 한 사람 한 사람 생각하며 유난히 피로해 보이는 얼굴빛으로 구슬땀을 흘리던 친구의 남편이 떠올라 비타민제를 사서 정성스럽게 소포 꾸러미를 만들어 감사 편지와 함께 보냈다.

그리고 가끔 안부를 묻기 위해 전화를 하면 친구의 음성이 어딘지 모르게 조금씩 가라앉은 느낌이 들어, 혹여 부부싸움이라도 있었나 싶어 남편을 바꾸어 달라고 하면 외출중이라고만 했다.

나는 친구의 말을 그대로 믿었다.

그러나 너무나 가까이에 있는 믿음의 벗이었기에 나의 무관심은 이렇게 크나큰 아픔으로 내 자리에 남아서 지금까지도 친구에게 늘 죄스러운 마음을 감출 수가 없다.

우리 집을 다녀가신 후로 직장에서 받는 건강 체크를 위해 종합병원을 찾아갔더니 검사 결과가 뜻밖에도 간암이라는 판정이 나왔단다.

친구와 친구 남편은 놀라움을 감출 새 없이 서둘렀지만, 이미 늦었다는 의사 선생님의 말씀이었다. 그래서 의사 선생님께 매달려 보았지만 수술 시기도 놓쳐 버렸다는 절망감 속에서 서로를 부둥켜안고는 흐르는 눈물을 감출 수가 없어 얼마나 울었는지 모른단다.

친구의 남편은 자신의 동생을 불러 형수님과 아이들을 잘 부탁한다는 말씀과 함께, 그 동안 몇 년 간에 걸쳐 써 두었던 일기를 꺼내어 놓으면서, 당신이 나 없이도 살아갈 수 있도록 도움이 되어 주었으면 좋겠다는 말씀과 함께 내미는 손은 떨리고 있었다고 먼 훗날 나에게 고백을 하였다.

나는 어느 날 밤에 꿈을 꾸었는데, 친구가 상복을 입고서 절망감에 사로잡혀서 울고 있는 애처로운 모습을 보았다.

다음날 아침 일찍 시간 간격을 두고서 전화를 하였지만 통화가 되지 않았다. 그러다가 저녁 무렵에야 친구와 통화가 되었다.

목소리가 떨려 나오고 내게 전해 오는 느낌은 표현할 길 없는 아픔 그것이었다.

"영아, 미안해! 윤종 아빠가 하늘나라에 가셨어. 오늘이 삼오날이야."

나는 할말을 잃고서 망연자실하다가 친구네 집으로 단숨에 달려갔다.

먼 그곳으로 가는 흔들리는 차 안에서 얼마나 울었는지 모른다. 나를 맞이하는 친구의 그때 모습을 나는 지금까지 내 가슴에 묻어 두고 산다.

살아 생전에 왜 한 번만이라도 만나게 해 주지 않았느냐는 내 말에,

"윤종 아빠가 영아 씨도 지금 한창 어려운데 마음의 부담감을 주지 말라고 해서……."

라고 말했다. 친구는 남편에게 너무도 많은 사랑을 받았는데 자기는 그렇게 몇 배로 받은 만큼 주지 못한 것이 사랑의 빚으로 남아 있단다.

그래서 두 아이들을 훌륭하게 키우는 것이 남편에게 진 빚을 갚아 드리는 것이라는 마음으로 살아간다고 했다.

용기 있고 훌륭하게 자라난 아들과 딸의 모습을 떠올리며 곱게 차오르는 달무리 속에서 그 가족을 위해 오늘도 기도한다.

나는 누구이며 어떤 사람일까? 나와 가까운 사람들의 마음속에는 나의 진실된 마음이 어떻게 전달되고 있을까? 부드럽고 온화하며 사랑을 주고 기쁨을 주는 사람, 다시 만나고 싶은 사람으로 기억될까?

산하가 단풍으로 울긋불긋 곱게 물들어져 가는 고운 잎새를 바라보면서, 내가 사랑하는 모든 사람들에게 사랑의 단풍을 나눠 주고 싶다고 느낀다.

바람 소리, 비 소리로 잠을 설쳤던 나는 늦잠을 자고 말았다.

작은 딸아이가 깨우는 소리에 놀라 눈을 떠 보니, 딸의 차가운 손에 한 떨기 들국화가 쥐어져 있었다.

"어머니가 좋아하시는 꽃이 비를 맞고 쓰러져 있어서 꽃병에다 예쁘게 꽂아 두고 보시라고 꺾어 왔어요."

하면서 생긋 웃는 모습이 얼마나 예뻐 보였는지, 나만이 간직하고 싶고 나만이 바라보고 싶은 아름다움이다.

"학교 늦겠다. 빨리 서두르자."

하면서 일어서려는데 귀염둥이 딸아이의 바지가 황토 빛깔의 흙이 여기저기 묻어 진흙투성이인데다 신발을 벗어 둔 현관 바닥에 발 도장을 몇 군데 찍어 놓았다.

나는 나도 모르게 얼굴을 찡그리며,

"아니, 어쩌자고 너는 말썽만 부리고 청소할 시간도 없는데……."

하고 순간적으로 야단을 쳤다.

엄마가 좋아하는 들국화를 꺾어다가 기쁨을 주려고 한 아름다운 마음 앞에, 못난 엄마는 빨래 걱정에 현관을 청소해야 한다는 부담감 때문에 그 마음을 헤아리지 못했으니, 딸아이의 눈에 엄마의 모습이 어떻게 보였을까. 뒤늦게 후회해 본들 아무 소용이 없겠지만 나는 내 가슴에 꼬옥 껴안아 주면서,

"엄마가 잘못하였구나. 정말로 미안하다."

하고 진심으로 뉘우치면서 사과했다.

두 딸아이가 학교를 가고 나만이 가져 보는 시간의 여유로움 속에서 잠시 생각에 잠겨 본다.

나는 누구이며 어떤 사람일까? 나와 가까운 사람들의 마음속에는 나의 진실된 마음이 어떻게 전달되고 있을까?

부드럽고 온화하며 사랑을 주고 기쁨을 주는 사람, 다시 만나고 싶은 사람으로 기억될까?

나의 두 딸은 나를 어떤 부모로 생각하고 있을까?

진심으로 나를 사랑하며 존경하는 마음일까?

격려와 용기가 희망을 주는 어머니보다는 잔소리 심한 부모로 보여지지는 않았을까?

오늘은 이런 생각 저런 생각으로 마음이 괴롭고 힘이 들었다.

그래서 해 오름의 호숫가를 거닐어 본다. 비가 개인 후의 나뭇잎과 퇴색되어 가는 풀잎 사이에 작은 물방울들이 곱게 맺혀 햇빛에 반짝이는 자연의 아름다움을 보았다.

그 아름다움 속에서, 사랑하는 엄마를 위해 들국화를 꺾어 들고 온 순수한 마음과 진실된 사랑을 조건 없이 안겨다 준 딸아이의 선물을 반짝이는 보석처럼 느껴 본다.

마음에서 진실되게 우러나오는 사랑 안에서는 조건과 가식과 이기적인 사랑이란 없다. 그 사랑은 순수한 마음 안에서 기쁨이 멈추지 않으며 사랑의 일치를 볼 수 있게 한다.

요즈음 우리는 누구나 다 메말라 있다. 실생활에서 보여지는 우리들의 모습을 뒤돌아보면, 사람은 사랑받을 권리와 사랑하며 살아야 할 의무가 있다는 생각이 든다.

사랑의 실천이 머리와 입술에서만 되뇌어질 뿐, 형제간의 재산 싸움이 법정에서 판결을 기다리며, 자기의 형제를 미워하는 개인과 가족의 이기주의 때문에 메말라 가는 우리의 마음에 사랑의 모닥불을 피워야 한다.

요즈음 청소년들의 가출이 부쩍 많아졌다고 한다.

우리 아이들의 인격체 안에 담겨져 있는 보물들을 사랑하며, 나만의 어떤 기준 안에 들어오기를 바라지 말고, 그 사람 안에서 독특한 보물을 발견해 주며 사랑을 나누자.

그리고 우리 자녀들을 믿고 사랑하자.

숨가쁘게 살아온 1년 열두 달 365일을 뒤돌아보니 '아! 너무 바쁘게 뛰어왔구나' 하는 생각이 든다.

차분한 마음으로 작고 적은 것들의 소중함을 가슴에 안으며 사랑하는 이웃을 위해 염원해 본다.

마음의 문을 열고 창밖에 내리는 함박눈처럼 소복소복 쌓이는 순수한 풍요로움 속에, 올해도 너무나 수고가 많으셨습니다. 기쁜 일, 슬픈 일, 지난날들은 모두 잊어버리시고 밝아오는 새날, 새 아침의 찬란한 평화의 종소리가 울려 퍼지게라고.

희망의 새 아침, 새로운 하루가 시작되는 새 달력의 첫날 아침의 인사는, 우리가 살아가는 길은 달라도, 우리가 살아 있는 자리는 달라도 하늘 아래 한 점 부끄러움이 없는 삶을 살자는 것이다.

그리고 사랑은 베풀면 베풀수록 풍부하게 우러나고, 인색하면 할수록 자신도 메마르고 삶에 대한 의미도 없어진다는 것을 알아야 한다.

사랑이 없는 가정은 꽃은 피어 있으되 향기가 없고, 나무에 잎은 있으되 열매를 맺지 못하는 것과 같다고 했다.

그 동안 우리는 말도 많고 탈도 많았던 대통령 선거전을 처음으로 등장한 텔레비전을 통한 선거 유세를 지켜보면서, 돈이나 조직에 의존하던 선거 풍토가 사라지고 깨끗한 선거로 끝맺음하는 것을 보았다. 정말 세계적으로 자랑할 만한 우리의 국력의 힘이라고 생각한다. 그런데 어쩌다가 우리나라는 증시 폭락, 환율, 물가 폭등 등 국가 경제가 무너지고, 생활 터전인 회사들도 부도가 나고, IMF 체제라는 국치적 처지에 놓이게 되었는지 안타깝기 이를 데 없다.

그러나 누구를 원망하며 누구를 탓하겠는가. 힘든 일 싫어하고 놀고 마시며 너나 할 것 없이 얼마나 흥청거리며 죄 짓고 즐기는 것을 좋아하였는가.

이 모든 것의 원인이 정치인과 기업인의 잘못된 경제정책 운영에도 책임이 많겠지만, 우리 자신의 정신적 빈곤과 부패에서 시작된 것임을 깨달아야 한다. 나 혼자 살아남기 위하여 밀가루와 설탕, 커피를 산더미처럼 쌓아 놓는 얌체 국민들 때문에, 나눠 먹지 못하고 나눠 갖지 못하는 것이다. 선량한 서민들의 피해 의식을 조금이라도 안다면 모두가 나누고 주는 운동을 하자.

우리는 그 동안 피땀 흘려 이룩한 경제적 성장에 너무나 자만

하여 일시적으로나마 근검, 절약하는 정신을 잃어버렸다. 하지만 지금부터라도 이기주의 탈피 운동을 통해 우리에게 주어진 각자의 자리에서 제몫을 다하고 절제하는 자세로 최선을 다하자. 그리고 이웃 사랑과 자기 헌신, 겸손의 정신으로 살아간다면 어려움을 능히 극복해 나갈 수 있으리라 믿는다.

우리 민족은 6·25 전쟁의 잿더미 속에서 한강의 기적을 탄생시킨 불굴의 의지를 가진 민족이다.

우리가 30분 일찍 출근하고 30분 늦게 퇴근하며 각자 맡은 바 직무에 충실하였더라면 오늘날의 이 치욕적인 슬픔은 없었을 것이다.

직장을 잃어버린 어려운 가정이 많다고 한다.

마하트마 간디는 '아내란 남편의 노예가 아니라 말벗이며 협력자이며, 자기 자신의 길을 택함에 있어서는 남편과 똑같이 자유롭고, 슬픔이나 기쁨을 함께 나누는 상대임을 알았다'고 했다.

지금은 서로 돕고 이해하며 웃음과 눈물이 한꺼번에 말라 버리고 꿈과 희망을 잃어버린 텅 빈 마음의 공허함을 메워 주는 부부의 고마운 정이 무엇보다도 필요한 때이다.

자신의 행복은 물론 가정의 평화를 위해 분수에 맞는 검소한 생활을 하며, 자신에게 주어진 인생에 충실하는 것이 오늘을 살아가는 큰 보람임을 깨닫자.

새벽종이 울려 퍼진다. 가족간의 사랑의 대화와 서로를 위하는 이해와 용서와 애틋한 잔정을 나누어야 할 시간이다.

새날, 새해에는 서로 사랑하고 서로 믿게 하소서.

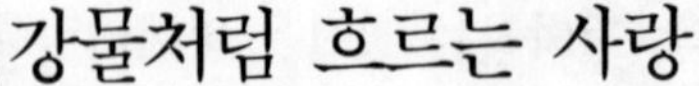

강물처럼 흐르는 사랑

사회나 개인이 가지고 있는 삶의 가치관이 무엇인가에 따라, 어떤 작은 양의 물질을 가지고도 기쁨과 정신적인 풍요로움을 누릴 수 있다.

사랑하면 언제나 행복하다.

두 딸아이가 엄마의 목을 끌어안고 입맞춤하는 새날 새 아침의 인사는, 모든 것을 신뢰하고 맑고 순수한 삶의 무게를 매일 즐겁게 받아들이며 살아갈 수 있는 힘을 준다.

아시아의 호랑이 '세계 11위의 경제 부국'이라고 우리나라를 추켜세우던 세계 국가들이, 지금은 한국을 '세계 최대 규모의 실직 국가'라고 부르기를 주저하지 않고 6·25전쟁 이후보다 더 어려운 처지에 놓일 수도 있다고 한다.

부모님께서 운영하시던 기업체가 빚에 넘어가고, 실직 공포에 떨지 않을 수 없고, 실직을 면한다 해도 물가와 세금이 올라만 갈 것이 분명한 것이 오늘의 현실이다.

그 동안 우리는 가난의 극복이 민족적 지상 과제였기 때문에,

경제적으로 풍요로움을 향해 질주하였을 뿐 정신적 풍요로움은 저 멀리 방치해 두고, 정치·학문·교육 모든 것이 돈버는 데만 초점이 맞추어져 있었다. 청소년들도 비싼 외국 상표가 붙은 옷이 아니면 학교에 입고 가지 않으려 하고, 심지어는 학용품까지도 외제 물건을 사용해 왔다. 그러므로 지금이야말로 물질적 풍요로움과 함께 얻은 것이 무엇이고 잃은 것이 무엇이었던가를 다시 생각해 볼 수 있는 좋은 기회인 것 같다.

사회나 개인이 가지고 있는 삶의 가치관이 무엇인가에 따라, 어떤 작은 양의 물질을 가지고도 기쁨과 정신적인 풍요로움을 누릴 수 있다. 또 어떤 사람들은 많은 재산을 소유하고 있으면서도 개인적인 만족감이나 사회적인 존경, 신뢰 등을 얻지 못하고 정신적 갈등과 궁핍 속에서 허덕이다가 죽어 가는 모습을 보았다.

사람이 사람답게 사는 데는 물질 말고 어떤 것이 있으며, 그것들을 만들어 내고 지키기 위해서는 어떤 노력이 필요한가를 한번쯤 생각해 보았으면 한다.

세계 문화의 중심지이자 뮤지컬의 본 고장인 브로드웨이 공연에, 국가적인 지원을 받고 있는 일본도 못 오른 무대에 몇몇 후원 회원들의 집을 저당잡히고 전 출연진이 노개런티로 무대에 오르기로 했다. 의미가 특별했던 〈명성황후〉 작품이 올랐다는 흥분과 함께 무대의 완성도가 세련되었고, 배우들의 힘에 넘치는 가슴 저 밑에서 끓어오르는 전율이 온몸을 엄습해 왔다. 소복 차림의 명성황후를 필두로 전 출연진이 '조선이여 일어나라'를 합창하며 무대를 밀고 나오는 순간, 조선은 비록 일본에 침탈당하였어도 꿋꿋하게 일어선 문화민족임을 세계 각국에 알렸다는 자부심에 눈시울을 적셨고 기립 박수를 받았다. 그때 '문화란 이런 힘이 있구나'를 생생히 체험한 뉴욕 공연을 정말 자랑스럽게 생각한다는 말씀을 들었을 때 나는 감격스러웠다.

실제로 공연을 본 많은 관객들은 IMF 한파로 경제 위기를 맞고 있는 지금의 우리 처지가 〈명성황후〉의 무대가 된 1백년 전과 너무도 흡사하다고 입을 모았다고 한다.

청소년 여러분!

시든 풀잎처럼 주저앉은 부모님의 마음에, 어둡고 곤경에 빠져 신음하는 이웃의 타는 목을 시원하게 축여 줄 사람은 청소년 여러분들의 몫으로 남아 있음을 명심하자.

우리는 노력해서 얻는 일을 우습게 여기고 부지런히 일하는 것을 창피하게 생각하였으며, 남의 눈을 속여 나만 잘살면 된다는 생각으로 살아온 것을 너무도 부끄럽게 생각한다.

청소년 여러분!

고난과 역경과 어려움 속에서 빛을 잃어버린 부모님에게 절망 속이지만 희망을 잃지 않도록 청소년 여러분들이 함께 애써 주세요. 더 바랄 것이 없는 여러분의 사랑으로 하나하나 채워 가며, 진정 원하지 않았던 모든 것에 대한 불행 앞에서도 천만 다행으로 알게 하시고, 진정 전화위복으로 생각하며 살아갈 수 있도록 청소년 여러분들이 부모님들을 도와주십시오. 강물처럼 흐르는 사랑으로 말입니다.

어버이의 사랑

곱고 예쁘게 차려 입으신 한복의 앞가슴에 한 송이의 카네이션을 달고 다니시는 모습은 참으로 아름답다.

그 꽃을 앞가슴에 달아드리는 손길 또한 어여쁘고 행복하다. 사랑은 받는 것보다 주는 것이 행복하다고 말씀하셨다. 어버이와 자식간의 사랑도 늘 주는 것만 좋아하셨고, 받고 있는 우리는 그 사랑을 더 받으려고만 욕심을 부리고, 드리는 사랑에는 늘 인색하기만 했다. 섭섭한 마음이나 보고 싶은 마음, 야속한 마음들은 안으로만 삭혀 버리신 옛날의 우리 부모님들!

나 이제 이만큼 나이가 들어서야 그 마음을 헤아릴 수 있으니 얼마나 후회스런 삶을 살아왔는가?

'해가 가고 달이 가고 산천초목 다 바뀌어도 이내 몸이 흙이 되도 내 마음은 영원하리라'는 서유석 씨의 노래처럼 내 마음도 애

닮다.

　행복하면 할수록, 괴로우면 괴로울수록 왜 그렇게도 부모님 생각이 간절한지 모르겠다.

　어버이 날이다.

　누구나 부모님 없이 이 세상에 태어난 사람은 없다. 어릴 적 어머니의 품안에서 모유를 먹는 순간부터 사랑과 믿음은 시작된다. 그러나 나는 모시고 싶어도 모셔 볼 수 없는 애틋한 마음으로, 비록 나만이 가져 보는 슬픔은 아니겠지만, 남의 부모님이라도 내 부모님처럼 빨간 카네이션을 앞가슴에 달아 드리고 싶다.

　어느 날 고속버스를 타고 서울로 가는 차 안에서 내 앞좌석에 두 분의 할머니께서 열심히 대화를 주고받는 것을 보고 나는 가슴 뭉클해 오는 따뜻한 정을 느꼈다.

　한 동네에 사시는 두 할머니는 아들과 며느리의 이야기로 꽃을 피우셨다. 한 할머니는 철원에 살고 있는 아들 며느리와 손녀가 보고 싶어서 먼 길을 가는데, 하나뿐인 아들이 바쁘다는 핑계로 얼굴 한번 보여주지 않아서 그곳까지 찾아가면 마중 나오는 아들이 어머니의 손을 맞잡으면서,

　"이 못난 자식 뭐가 보고 싶어서 먼 길을 힘들게 이렇게 오세요."

하면서 두 손을 잡아 주는 그 정 때문에 한 달에 한 번씩 다니러 오신다는 것이었다. 그 말씀 속에는 그래도 내 아들이 최고야 하는 자랑이 숨어 있었다. 또 한 분의 할머니는,

　"나는 딸네집에 가는 길이야. 딸도 자식이고 사위도 자식인데,

힘겹게 살아가는 모습이 안쓰러워 밑반찬이 되는 것을 이것저것 챙겨서 갖다 주려고."

라고 하셨다.

할머니의 손은 정말 거룩한 손이었다.

논농사 밭농사에 손이 거칠어지고 얼굴에는 주름살이 늘었어도, 온화하게 웃음짓는 소녀 같은 모습에선, 비록 흐르는 세월 속에 몸은 늙었어도 마음만은 늘 푸른 소나무처럼 자식 사랑과 며느리 사랑, 손녀 손주 사랑만큼은 변함이 없으시다는 마음을 헤아릴 수 있었다.

공경해야 할 부모님이 계시는 분들은 행복하다.

부모님으로부터 염려와 보살핌과 사랑을 받을 수 있다는 아들과 딸들은 행복하다.

나는 그 행복을 느껴 볼래야 느껴 볼 수가 없다.

시집 부모님, 친정 부모님 다 이 세상에 계시는 분들이 아니기 때문에 해마다 맞이하는 어버이날에는 왠지 가슴 한 구석이 허전해지고, 나에게 정성과 사랑을 쏟으셨던 부모님을 생각하면 가슴이 저며 오는 아픔을 느낀다.

부모님 살아 생전에 공경하여 잘해 드리라는 말씀을 누구에게나 해 드리고 싶다.

낳으실 때 괴로움 다 잊으시고 기르실 제 밤낮으로 애쓰는 마음, 진자리 마른자리 갈아 뉘시며 손발이 다 닳도록 고생하시네. 하늘 아래 그 무엇이 높다 하리요. 어버이의 사랑은 가이 없어라.

누구나 이 노래를 모르는 사람은 없다.

효도하는 마음은 멀리 있는 것이 아니라 내 마음과 내 정성에 있다. 그럴 때 내 부모님은 기뻐하신다.

제3부

아, 삶의 향기여

날아라 푸른 하늘을

저녁 바람을 타고 은은히 풍겨 오는 라일락 향내음이 생명력과 청량감을 전해 준다.

파릇파릇한 새싹을 보고 있노라면 달라진 것이 아무 것도 없는 신록의 계절 5월이건만, 갑자기 찾아온 IMF의 깊고 적막한 마음의 동굴 속에서 수없이 얼어붙은 절망의 고드름들을 본다. 이 고드름들을 희망의 꽃들로 활짝 피워 보고 싶은 소망으로 5월의 아침을 맞이한다.

상쾌한 마음으로 아침의 창문을 여니 두 딸아이의 해맑은 눈빛과 재잘거림과 통통한 두 뺨이 사랑스러움으로 다가온다.

푸르름이 더해 가는 이때, 어린 새싹들이 쑥쑥 키가 자라듯 우리의 미래를 짊어질 밝고 맑고 고운 모습의 꿈나무들을 생각해 본다. 그들은 꾸밈없이 건강하게 자라 우리나라의 기둥이 될 귀한 보배들이다.

5월은 참으로 소중한 만남의 달이다.

사람이 살아가는 세상에서 부모와 자식과의 만남, 스승과 제자의 만남만큼 더 소중하고 값진 관계가 있을까?

자식은 부모에게서 모든 것을 배우고 의지하면서 살아가고, 학생들은 선생님에게서 교양과 지식을 배우고, 선생님은 여러 가지 부족한 교육의 여건 속에서도 제자 사랑, 교육 사랑으로 국가 발전의 원동력이 된다. 기적 같은 경제성장을 이룩할 수 있었던 것은 40여만 선생님들의 크나큰 힘의 뒷받침이 있었기 때문이라고 나는 생각한다.

나는 학창시절에 선생님께 달아 드릴 카네이션을 언제나 색종이로 손수 만들어서 가슴에 달아 드렸다.

스승과 제자간의 인간적인 사랑도 지금보다는 훨씬 아름답고 순수하며 값진 것이었다.

일부 극성스런 학부모님의 이기적인 마음 때문에, 교단을 떠나고 싶은 마음이 들 정도로 많은 선생님들의 마음을 아프게 하고, 일부 교사가 촌지 때문에 학교 문화를 멍들게 했다.

교육이 무너지면 나라가 무너지고 선생님이 쓰러지면 교단이 쓰러진다. 돈으로 약은 살 수 있으나 건강은 살 수 없듯이, 촌지 몇 푼으로 약간의 편의를 얻을 수 있을지는 모르지만 교육까지 돈으로 살 수는 없다는 것을 깨달아야 한다.

나는 어버이날에 참으로 감격스런 두 통의 편지를 받았다.

'사랑하는 엄마, 아빠께!

엄마 아빠 저 한나예요. 엄마 아빠께 이렇게 편지를 쓰는 이유는 어버이날도 그렇지만 엄마 아빠께 감사하다는 말을 해 드리고 싶어서예요. 며칠 전에 TV에서 백혈병 어린이를 보았어요. 너무나 아파하는 것 같고, 그 아이들을 보면서 많은 것을 느끼게 되었어요. 엄마 아빠에 대한 고마움, 사랑, 그 감정을 편지로 다 설명할 수는 없지만, 제일 중요한 건 엄마 아빠의 사랑이라고 생각해요. 그리고 제가 이렇게 건강할 수 있었던 것, 아무 사고 없이 살 수 있는 것도 엄마 아빠의 사랑 덕분인 것이고 또 기도 때문이라고 생각해요.'

이렇게 써내려간 큰 딸아이의 편지를 읽고 코끝이 찡해짐과 동시에 느껴지는 게 많았다.

큰 나무 위에 집을 짓고 희망의 둥지를 트는 새처럼, 초록의 눈부신 노래와 향기처럼, 꿈나무들이 자라서 우리나라의 기둥이 되고, 스승과 제자는 5월의 대지처럼 서로를 키우는 미루나무가 되고, 부모와 자식간의 사랑은 칼로 물을 베는 식의 새로이 철드는 나날이 되기를 기원해 본다.

기다림도 아픔도 희망 속에

나영 엄마는 오늘도 동작동 국립묘지에 잠들어 있는 남편을 만나기 위해 흰 원피스를 곱게 차려 입고, 손에는 안개꽃 속에 빨간 장미를 섞어서 만든 꽃다발을 들고서 걸어간다.

산과 숲속의 나무들이 파란 빛으로 물들여지고 한강 물줄기를 따라 굽이쳐 흐르는 물결 위로 유람선이 오고 간다.

오늘도 나영 엄마는 동작동 국립묘지에 잠들어 있는 남편을 만나기 위해 흰 원피스를 곱게 차려 입고, 손에는 안개꽃 속에 빨간 장미를 섞어서 만든 꽃다발을 들고서 걸어간다. 발걸음은 오랜만에 가져 보는 가벼운 마음과 함께 즐거움으로 가득 차 오른다.

한소령이 사고로 돌아가신 지 벌써 20년이라는 세월이 흘렀지만, 늘 가슴속에는 살아서 함께 숨쉬며 외로움과 고독에 몸부림칠 때는, 꿈속에서라도 함께 계셔 주실 것 같은 환상에 젖어 살던 나영 엄마는 남몰래 울기도 많이 울었다.

그 동안 살아오면서 재혼의 권유도 수차례 받았지만, 그때마다 나영이와 준영이를 끌어안아 보면서 그들만큼은 남편의 꿈처럼, 나의 꿈처럼 잘 키워서 사랑했던 남편과의 약속을 지키면서 살다가, 언제가 될는지는 모르지만 사랑했던 남편 곁에 갈 때까지 두 아이들에게 무조건적인 사랑으로 살아온 것이다. 사막과도 같이 목마름이 느껴져 올 때는 또다시 일어설 수 있다는 희망으로 아픔을 견뎌낼 수 있었다고 한다.

준영이 엄마의 고통은 작은 일부터 상처를 받기 시작했다.

한소령이 20여 년 전 많은 부하들과 함께 제주도 하늘 위에서 비행기 공중폭파로 생존자 한 사람 없이 모두 사망을 하고 국립묘지로 조용히 잠드실 때에는 미망인이 많았었다.

아이들을 잘 키우면서 서로를 의지하면서 살자고 맹세하였던 미망인들이 재혼을 해서 떠나갈 때, 준영 엄마의 마음도 여자이기 때문에 조금은 흔들렸다. 하지만 어머님도 연세가 많으시고 두 아이들 때문에 도저히 용기가 없어서 혼자 살기로 거듭 맹세를 했단다. 두 아이들 교육은 국가에서 대학교까지 공부시켜 주고 또 다달이 나오는 생계 보조비가 있어서 생활 걱정은 없었다고 한다.

그런데 어느 날 준영이가 목욕탕에 다녀와서는 자기 방문을 걸어 잠그고는 마구 울더라는 것이다.

다른 친구들은 아빠랑 함께 목욕을 와서 서로 등도 밀어 주고 탕 안에 들어와서 꼬옥 껴안아 주며 물장난도 치는데, 자기는 여간 속이 상하지 않았다는 것이다.

그래서 준영 엄마는 아들을 꼬옥 껴안아 주면서, ‘이렇게 너를 사랑하는 엄마가 있잖니’ 하면서 ‘네가 아빠를 그리워하는 만큼 이 엄마도 참고 사는 거야’라고 조용히 타이르듯 말해 주었단다.

방안에 크게 걸어 둔 한소령의 군복 입은 사진을 쳐다보면서 지난날의 아름다웠던 이야기를 들려주고, ‘아빠가 얼마나 사랑하면서 예뻐했는지 정말 모를 거야’ 하면서 이야기해 주는 그때의 아픔은 정말 하느님만이 아실 거라면서 남몰래 눈물을 흘렸다.

그렇게 보채면서 응석만 피우던 준영이가 벌써 육군사관학교를 졸업하고 육군 소위의 계급장을 달고 전방에서 근무를 하고 있다고 한다.

군인이 되지 말라고 그토록 말렸지만 피는 속이지 못한다는 것이다.

한소령을 그대로 빼어 닮은 준영이의 모습은 우리나라 국토 방위를 지켜 줄 대한의 아들이다.

6월은 나라를 위해 싸우다 숨진 호국 영령들을 추모하는 달이다. 나라를 위해 싸우다 상이용사가 되신 분들께 감사하는 마음과 아픔을 조금이라도 함께할 수 있는 사랑이 필요한 달이기도 하다.

그러나 우리는 주위에서 신체 부자유 장애인이나 상이용사를 바라볼 때 곱지 않는 눈으로 바라보는 분들이 아직도 많다.

사랑이 가득한 마음과 눈으로 바라보고 감사하는 마음으로 아픈 상처를 어루만져 주어야 하는 것이 살아 있는 우리 모두가 해야 할 국민의 도리라고 생각한다.

6월은 초록의 싱싱함으로 깊이 감사할 줄 몰랐던 지난날의 무관심을 겸허하게 뉘우치고, 이제 좀더 알뜰하게 보살펴 드리며 평화로운 마음과 몸으로 살아갈 수 있도록 더 많이 생각하며 사랑하도록 노력하여야겠다.

모윤숙 선생님이 쓰신 〈이 생명을〉이란 제목의 시를 모든 것을 생각하고 싶은 6월에 바치고 싶다.

임이 부르시면 달려가지요.
금띠로 장식한 치마가 없어도
진주로 꿰맨 목걸이가 없어도
임이 오라시면 나는 가지요.
임이 살라시면 사오리다.
먹을 것 메말라 창고가 비었어도
빚더미로 옘집 채찍 맞으면서도
임이 살라시면 나는 살아요.
죽음으로 갚을 길이 있다면 죽지요.
빈손으로 임의 앞을 지나다니요
내 임의 원이라면 이 생명을 아끼오리.
이 심장의 온 피를 다 빼어 바치리다.
무언들 사양하리, 무언들 안 바치리.
창백한 수족에 힘 나실 일이라면
파리한 임의 손을 버리고 가다니요
힘 잃은 그 무릎을 버리고 가다니요.

어둠 속의 등불 되어

지는 해를 바라보며 호수에 서면 사랑했던 사람들을 매일 조금
씩 생각하면서 기도를 한다.

세상을 살아가는 동안에 말 못할 일들을 사람들은 저마다의 가
슴에 침묵해야 할 때 또는 침묵하기 어려운 고통에 몸부림칠 때
호수는 말없이 사랑으로 안아 준다.

고요하고 평화롭다. 아름답고 외롭다.

해질녘의 호수는 나만을 생각했던 침묵을 깨뜨리고 모든 것을
깨닫게 한다.

삶은 오로지 자기 투쟁의 넓은 호수라고 생각하며, 고통 속에
찾아오는 유혹을 뛰어넘게 하고 돌아오는 기쁨 속에서 희망의 부
활을 꿈꾸고 싶다.

6월이 오는 문턱에서 우리 삶 속의 고통을 잊어버리고 싶다.

어느 날 신문에서 보았는데, 중증 장애를 앓고 있으면서 고입 검정고시에서 전국 수석과 부산 지역 3등을 차지한 장욱·장훈 형제와 어머니 엄양순 씨는 그간의 고통을 책으로 써도 끝이 없을 것 같다고 했다.

새파랗게 질려 식은땀을 비오듯 흘리고 말도 제대로 못하고 고통받는 두 자식을 위하여 '하느님, 차라리 고통받는 아이들을 당신 곁으로 데려가 주십시오' 하고 눈물로 기도한 적이 수없이 많았다고 한다.

두 아이가 18개월을 넘기면서 이유없이 뼈가 부러지기 시작해 4세 때 치료법도 없는 '선천성 골형성 부전증'이라는 진단을 받은 두 아들을 바라보며 하늘이 무너지는 슬픔을 느꼈단다.

버스를 갈아타며 병원에 다닐 때는 뼈가 더 부러질까 봐 꼭 안고 다녀야 하는 가슴 미어지는 아픔은 죽음보다 더 큰 고통의 나날이었다고 한다.

언제나 마지막 생일이 될지 모를 생일날에는 더욱더 눈물 속에서 하얀 밤을 지새웠다.

20여 년 동안 형제의 대소변을 받아내고, 밥을 떠 먹여 주어야 했던 엄마의 사생활은 따로 있을 수가 없었고, 아버지 또한 퇴근 후 한번도 늦게 귀가하는 일이 없었고 아들에게 덮친 병마와 싸우면서 학업을 뒷바라지하신 그 지극한 정성과 사랑은, 하늘 아래 그 무엇으로 표현할 수가 있을까?

형제의 인간 승리를 읽고서 나는 감동의 눈물을 흘렸다.

키가 1m를 약간 넘어 보이는 형과 그 옆에 누운 동생이 조금더

커 보이고, 두 사람의 몸무게는 각각 30Kg 정도였다. 20여 년을 누워만 지낸 중증 장애 형제가 한 말은,

"우리가 해냈지?"

였다.

TV 자막을 통해 한글을 배우고, 15세 땐 영어에도 관심을 갖고 배우기 시작했는데 영어로 된 책에는 지금까지 접해 보지 못한 또 다른 세계가 있었다고 말했다.

모르는 것은 서로에게 물어 깨우치고, 검정고시 공부를 하는 동안 부산대학 앞에서 '참 배움터'라는 야학을 하던 대학생들이 1주일에 한번씩 찾아와 공부를 가르쳐 주었다.

검정고시 시험 때에는 여교사실에 누워서 시험을 쳤다고 한다.

IMF 시대를 맞아 인간적인 품위를 유지하며 살 수 없다는 절망감에 빠져 자포자기하여 자식을 죽이고 자기도 자살할 생각을 가진 사람이 있다면 얼마나 부끄러운 삶이겠는가?

삶을 포기하는 사람들, 삶을 낭비하는 사람들, 인생을 낭비해 온 사람들은 반성하는 마음의 자세로 오늘을 살아야 한다.

영문학을 전공해 우리 문학작품을 영어로 옮겨 세계인에게 알리고 싶다는 형, 훌륭한 컴퓨터 프로그래머가 되겠다는 동생의 꿈.

부모님의 사랑이 머무르고 있으면 자신이 생기고, 기뻐지고, 서로의 마음도 기쁘게 하고, 서로의 삶이 소중하고, 삶의 진솔한 이야기도 있을 것만 같다.

시계꽃

작은 시계꽃, 비록 화려한 색깔의 꽃은 아니지만, 은은한 빛 속에서 길게 엮어지는 꽃줄기가 부모님과 자식간의 사랑처럼 아름답다. 그 속에는 우리의 사랑과 추억이 함께 소복하게 안기어 있다.

자연은 아름답다.

신록의 계절 속에서 바라보는 자연의 세계는, 어릴 적 맑은 눈동자로 시냇물에서 가재를 잡고 친구들과 물장난을 치던 지난날을 생각하게 하는 아름다움이 있다.

두려움과 근심 걱정 모르고 티없는 마음으로 자연과 더불어 아름다움을 생각하는 얼굴 빛으로, 흰 눈 내리는 겨울 밤이면 흰 눈 꽃송이를 맞으면서 하얀 밤을 지새웠던 눈물겨웠던 정경들이 그리웁다. 어려움과 방황 속에서도 깨끗한 고독을 선택했던 아름다운 그 시절의 추억이 못내 그리웁다.

넓은 초원에 앉은뱅이 꽃처럼 작게 피어나는 싱싱한 크로바 잎을, 그것도 세 개의 잎새에서 네 개의 행운의 크로바 잎새를 찾으려고 친구들과 함께 들판을 헤매면서, 조그마한 일에도 그토록 웃음이 가득했던 그 시절의 추억이 무척 그립다.

책갈피에 곱게 끼워 둔 네 잎 크로바를 누구에게 줄까 하고 마음의 갈등을 일으켰던 그 아름다운 옛날을 나는 사랑한다.

어느 날 낚시터에서 일어난 이야기다.

요즈음은 옛날과 달리 모두가 가족 단위로 낚시터를 온다. 봄이 오면 남편을 따라온 부인은 아이들과 함께 봄나물을 캔다. 그러다가 어쩌다 고기를 낚아채는 순간에는 아이들과 함께 손뼉을 치면서 좋아라고 소리를 지른다. 그리고 낚싯줄에 걸려 있는 고기를 잡아서 만져 보는 아이들의 고사리 같은 작은 손이 귀엽고, 웃음을 머금고 있는 한 가족의 순수한 마음의 일치가 아름답다.

시계꽃 크로바 잎새에서 피어오르는 한 떨기 꽃은 솜털처럼 부드럽고 향기롭다. 어린 아이들이 손에 손에 그 꽃을 들고 있었다.

나는 옛날의 어린 시절을 생각해 보았다.

자연 속에서 만져 보는 것이 우리의 유일한 오락기구이며 음악이었다. 여름날에 꽈리 열매를 따다가 성냥개비 한 알로 예쁘게 후벼 파서 그 작은 꽈리 속에다 입으로 바람을 불어넣으면 표현하기 힘든 소리가 났다. 그 소리를 누가 예쁘고 크게 내는가에 따라 일등도 하고 꼴찌도 했었다.

풀 한 잎새 꺾어서 풀피리를 불던 낭만적인 시간은 환상의 꿈 나래였다. 나는 어린 아이의 손에 들려 있던 시계꽃을 가지고 남자 아이와 여자 아이의 팔목에다 매어 주었다. 그리고 동그란 원 모양으로 꽃들을 엮어서 머리 위에다 화관처럼 얹어 주었다.

그런 모습을 보고 있던 아이들이 좋아 보였던지 시계꽃을 너도 나도 만들고, 나중에는 낚시를 하던 아빠들까지도 서로 예쁜 모양으로 꽃을 엮어서 만들기 시작했다.

한 가족이 모여서 아름다움을 창조해 낸다는 것은 희망적이다.

희망은 삶을 새롭고 의미 있게 채우려는 발돋움으로 우리의 미래를 아름답게 한다.

희망을 가지는 사람만이 삶이 변화될 수 있고, 삶의 변화만이 우리의 미래를 끝없는 아름다움으로 새롭게 내다볼 수 있게 한다. 내 가정의 행복 또한 작은 것에서 큰 것으로 변화되는 삶을 배울 수 있게 한다.

작은 시계꽃! 비록 화려한 색깔의 꽃은 아니지만, 은은한 빛 속에서 길게 엮어지는 꽃줄기가 부모님과 자식간의 사랑처럼 아름답다. 그 속에는 우리의 사랑과 추억이 함께 소복하게 안기어 있다.

나도 두 딸아이를 불렀다. 우리도 저 사람들처럼 예쁘게 만들어서 목걸이도 하고, 꽃시계를 손목에 차고 꽃반지도 만들어서 손가락에 껴 보자고 하였다.

도시의 아이들은 개구리 새끼만 보아도 고함을 친다. 지렁이 한 마리를 보아도 그 근처를 다니지 못한다.

나는 자연과 더불어 살아가는 법을 배우며 또한 두 딸아이도 자연을 사랑하게끔 개구리 새끼 정도는 손바닥 위에 올려놓고 보도록 한다.

자연과학이 따로 없다. 살아가는 방법이 책에 쓰여진 대로 주어지는 것은 아니다.

자연 속에서 우리 스스로가 삶의 방법을 배우며 자연과 더불어 살아가는 삶이 되자. 그리고 자기 자신을 버리는 곳에 감동적인 세계가 열리고 모든 자연환경 속에는 우리의 숨결이 흐르고 있음을 알자.

가을

가을이다.

아침에 일어나서 집 앞에 켜놓은 외등불을 끄려고 현관에 나가면, 우리집 식구들의 신발이 가지런히 놓여져 내가 신는 쪽으로 돌려 놓은 식구들의 정성에 코끝이 찡해져 오는 감동을 느낀다. 이 느낌 속에서 나는 권영삼 님의 〈신발〉이란 동시를 외우며 넓고 물안개 자욱한 호숫가를 거닐어 본다.

'따뜻이 안아줄 줄 안다.

내 발을 너는 보잘것도 없이

추운 뜨락에서 잠들지만

나의 무딘 발이 네게로

불쑥 찾아들었을 땐

너는 어김없이 그랬다.

어머니가 안아 주시듯

그렇게 내 발을 포옥 껴안았다.'

동시를 외우면서 나의 두 다리와 신발을 내려다보노라면 한결 더 삶이 아름다워 보여 주님께 감사의 기도를 나도 모르게 하게 된다.

색색의 빛깔로 피어난 금잔화랑 봉숭아, 채송화의 꽃밭에서 향기로 말을 할 때면 나는 아주 작은 꽃이고 싶다.

마음이 괴로울 때 꽃을 바라보는 것은 희망적이다.

꽃들은 침묵으로써 깊은 마음을 갖게 하고 참을성과 인내력, 적응력을 길러 준다. 하루 종일 꽃만 바라보고 살았으면 얼마나 좋을까?

가을은 독서의 계절이다.

책을 가까이 하자는 각종 캠페인과 행사가 넘쳐 흐른다.

시립 도서관에서는 시낭송 대회가 열린다고 홍보활동에 심혈을 기울이고 있다.

나날이 탐스럽게 익어 가는 과일처럼 청소년들에게 사랑과 희망을 안겨다 줄 수 있도록 다리 역할을 하는 것은 우리 부모님과 선생님들의 몫이라고 생각한다.

가을이 오고, 독서의 계절이 왔다고 하는데도 나는 특별히 책을 읽어야겠다는 생각이 들지 않아서 괜스레 외롭고 슬퍼진다.

IMF로 인해 이 가을은 한층 잔인해 보인다.

대학생들은 이렇게 말한다.

"책 읽을 여유가 어디 있어요. 대졸 실업자가 넘쳐 나가는 세상에……."

이들의 아픔과 고통을 멀리할 수는 없지만, 그렇다고 그 아픔을 덜어 줄 희망이 조금도 보이지 않는다.

구조 조정과 대량 실업 공포에 시달리고 있는 우리 직장인들에게 오늘의 독서는 사치일 수 있다.

청소년들에게 물어 보았다.

이 가을에 독서를 하고 싶냐고.

"우리에게서 독서의 계절이 어디 있어요. 대학입시만 없다면 제가 좋아하는 운동도 하고 싶고, 음악감상도 다녀 보고, 수영도 하고, 영화관에 앉아서 생에 대한 환희도 배워 보고 싶어요."

아름다운 이 가을날에 각자 푸념의 넋두리를 듣는다.

요즈음 우리 한국에서 살아가기가 참으로 힘든 세상이 온 것 같다.

눈치 보지 않아도 개성과 인권이 보장되는 좀더 아름다운 세상에 되어 줬으면 얼마나 좋겠는가.

우리가 지켜야 할 도덕은 많다.

살인을 해서는 안 되는 도덕, 남의 물건을 훔쳐서는 안 된다는 도덕, 개인의 욕망을 억압하는 것이 선이라고 가르치는 금욕적 도덕……. 오래 써먹은 교훈적 문학이나 예술만을 좋다고 하고, 다른 것들은 무조건 없애 버려야 한다는 독선적인 도덕은 도덕이 아니라고 생각한다.

가을이면 우리나라 책 판매고가 뚝 떨어진다고 한다.

입시를 치러야 하는 강박관념 때문에, 도저히 다른 책을 읽을 시간적인 여유가 없기 때문에 독서는 우리 청소년들에게 아직까지는 사치일 수밖에 없다.

그러나 책 읽는 사람만이 밝은 미래가 있다.

우리나라 국민 모두가 책을 많이 읽지 않았기 때문에 오늘날의 IMF가 온 것이다.

독서는 극기의 의미가 내포되어 있기 때문에 유혹을 이겨내고 부담에 짓눌리는 괴로움에서 벗어날 수 있는 희망은 역시 책밖에 없다. 오늘보다는 내일, 내일보다는 먼 후일 크게 아픔을 나눌 수 있다는 희망으로 책을 펼쳐 보라.

푸르고 높은 하늘의 아름다운 색깔과 구름, 신선한 바람, 언제 거두어들일지도 모르는 황금 들판의 곡식, 빨갛게 잘도 익은 감을 파먹으면서 내내 기쁨으로 꽃피우고 싶은 가을이여!

슬픈 사람들은 기쁨으로 위로하고 외로운 사람들은 사랑으로 감싸주는 따뜻함을 지니고 있는 가을날의 날씨처럼, 나도 이 가을엔 좀더 성숙된 여인의 모습으로 가을을 닮고 싶다.

달빛자락

고운 달빛자락이 호수에 비칠 때면 흔들리지 않으려고, 꺾이지 않으려고 온몸으로 수채화 한 폭을 그린다.

50년 세월의 아픔에 눈을 떠 보니 사랑이 가득한 사람들의 틈바구니 속에서 지키지 못한 약속 때문에 내 가슴은 시퍼렇게 멍으로 물들고, 달이 뜨고 지면 눈물로 얼룩진 빈곤의 터널은 밥그릇 속에 남은 밥알만큼이나 끝이 보이지 않는다.

고운 달빛자락을 보면서 별이 되고 싶다. 겨울 바람 속으로 내 무거운 영혼을 잠재우고 싶다.

달빛이 어둠을 밝히듯 세상의 어둠을 밝히는 선행을 우리 각자의 힘으로 하나씩 실천함으로써, 삶의 보람을 느끼고 나보다 더 어려운 사람들을 위해 기꺼이 자신의 것을 나누는 사람들을 볼 때가 있다. 그럴 때마다 어지럽게 얼룩진 정치와 부패된 사회, 삶의 의욕을 잃어버리기 쉬운 오늘날의 현실 속에서도 자기 것을 나누어 가지는 사랑이 존재하고 있는 한, 우리의 삶은 아름답고 어두움 속에서 벗어날 수 있다는 확실한 믿음이 온다.

이런저런 생각으로 잠 못 이루고 창 밖을 비추는 달빛의 환한 세상을 그려 보면서 잠을 청하고 있을 때 전화가 왔다.

수화기를 드는 순간에 들려 오는 다급한 목소리의 친구는 당황하고 몹시 흥분되어 있었다. 그리고 ○○병원으로 빨리 와 달라는 간곡한 부탁만 남기고 전화를 끊었다.

나는 잠시 불안과 초조한 마음으로 옷을 바꾸어 입으면서 여자 특유의 방정맞은 생각으로 눈물부터 찔끔 흘렸다.

병원 문을 밀고 들어서기가 바쁘게 친구는 와락 내 가슴에 얼굴을 묻고는 마구 울기만 하였다.

손수건으로 눈물을 닦아 주고 두 손을 꼬옥 맞잡고 병실 문을 밀고 들어서는 내 앞에 차마 눈뜨고는 바라볼 수 없는 처참한 모습이 보였다. 죽고 싶다고, 살고 싶지 않다고 몸부림치는 친구 남편의 입 안에는 커다란 솜뭉치가 물려져 있었고, 손과 발은 꼼짝도 못하게 끈으로 묶여져 있었다.

사업 실패로 회사가 부도나고, 직원들의 월급도 몇 달째 밀려 있고, 사채업자들의 빚 독촉으로 하루하루를 살아간다는 것이 죽음보다 더 무서운 고통의 연속이었단다. 그래서 이제는 더 이상 버틸 수 없는 절망감에 자살을 기도하는 남편의 모습을 현장에서 목격한 친구는 회사 직원들의 도움으로 병원에 입원시키고, 두 아이들 보아서라도 맨주먹으로 다시 일어서자고 애걸복걸하는 중이란다.

나는 친구의 핼쓱한 얼굴을 가슴에 안고서 함께 많이도 울었다.

"우리가 죽음으로써 모든 것을 해결할 수만 있다면 얼마나 좋겠습니까? 그리고 살아 남아 있는 식구들의 빈 가슴은 무엇으로 채우며, 어떻게 삶의 고통을 이겨 내라고 혼자서만 훌쩍 떠나 버릴 생각을 하셨는지요?"
하면서 이제는 내가 울면서 희망과 용기를 가져 달라고 두 손을 꼬옥 잡아 주었다.

하루가 가고 또 하루가 흐른 어느 날, 친구 남편의 병실에 사채업자들 중에서 제일 돈을 많이 빌려 주셨던 사장님이, 경매로 넘어가는 친구네 집을 낙찰받아서 5년 동안 그냥 살고, 살아가면서 빚을 갚아 달라면서 입원비도 내 주고, 어려울 때 꼭 찾아와 달라고 당부하면서 옛날처럼 그렇게 신용 있고 바르게 살아가면 도움 주시는 분들도 많을 것 같다는 위로의 말도 남겨 두고 가셨단다.

나는 활짝 핀 흰 목련꽃과도 같이 아름다운 친구의 얼굴보다 더 아름다운 사랑과 온정을 베풀어 주신 그 사장님께 뜨거운 박수를 보내고 싶다.

우리는 삶 속에서 여러 가지 방법으로 어려움과 절망감에 부딪치면서 상처를 받을 때가 많다. 그리고 우리들 주변에서도 많이 일어나고 있다.

저마다 자기 나름대로의 고통이 있다. 다 고통과 슬픔을 지니고 있다.

한 생애를 두고 육체적인 나이만을 먹는 것이 아니라 몇 고비가 있다고 한다. 절망 속에서 희망을 찾은 친구의 행복 속에서 '마음이 가난한 사람은 복이 있나니 천국이 그들의 것'이라고 말씀하신 하느님께 지금 겪고 있는 시련과 가난과 절망 속에서 상처를 입은 모든 이에게 위로를 주시고 사람답게 살아갈 수 있는 길을 열어 주시기를 기도한다.

산다는 것 자체가 아름답고 풍요로운 것

나는 가끔 어둠 짙은 새벽 시장에 나와서 웅성거리며 밀려가고 밀려오는 사람들의 발자국 소리를 듣는다. 너무도 정겹기 때문이다. 땀흘림으로써 포근한 기쁨을 얻어내는 삶의 목표가 있어서 세상은 참으로 아름답고 풍요롭다.

창밖에 기대어 하늘에 떠 있는 구름을 본다.

오늘따라 내가 좋아하는 음악을 듣고 있자니, 어릴적 나와 함께 뛰어놀던 동무들에 대한 그리움이 장미꽃 향내음처럼 강하게 안겨 온다.

날마다 사랑하는 사람들을 해바라기꽃을 바라보듯이 지켜보고 싶고, 또 그리워하는 마음 안에서 나는 평온함을 갖는다.

수천 번 수만 번 소용돌이쳐 오는 삶의 고통과 절망과 아픔들을, 눈썰매 타듯이 높고 높은 산 위에서 쭈욱 미끄러져 내려오고 싶은 유혹을 느끼니 외롭던 마음이 더욱 외로워진다.

내게 있어 삶이란 무엇일까?

나의 잘못을 반성하며 통회의 눈물을 흘리는 마음에는 초원 같은 푸르름의 세계가 펼쳐진다.

남으로 인해 내가 받아야 하는 고통의 세계에서 미움을 갖는다는 것은 내 불행을 키워 나가는 아픔이 병으로 남아 있을 것 같아서, 용서와 기도와 소망 속으로 나를 버리는 일에 대한 겸손함을 배우고 싶다.

산골의 깊은 골짜기에서 흘러내리는 맑디맑은 샘물처럼 언제나 순수한 빛, 신비의 아늑한 음률 소리를 들으면서 마음의 평화를 누리고 싶다. 그리고 경건한 마음으로 기도하고 싶다.

천지를 창조하신 하느님의 상상력을 닮아 예지의 맑은 눈을 주시어 아름다운 것만 바라볼 수 있도록 해 주시고, 바람이 불어오고, 물이 흐르고, 비오는 날에도 새로운 의미와 함께 평범한 삶을 새롭게 살려는 정신력으로 나 스스로가 개척해 나가는 아름다운 꽃의 씨앗으로 꽃밭을 일구고 싶다.

쌀쌀한 겨울날의 아침, 바람결에 스며드는 살갗을 에이는 듯한 추위 속으로 시장을 돌아보면서 쑥갓이랑 미나리, 시금치 등 파아란 빛깔이 곱게 물든 색깔만 장바구니에 가득 담았다.

나는 가끔 어둠이 짙은 새벽 시장에 나와서 웅성거리며 밀려가고 밀려오는 사람들의 발자국 소리를 듣는다. 너무도 정겹기 때문이다.

매서운 추위 속에서 김이 모락모락 피어오르는 두부 판을 길가에 내려놓고서 주변 청소를 열심히 하는 아주머니의 모습에서 삶의 가치를 배운다.

온갖 오물들은 주워 모으고 깨끗하게 정리한 후에야, 한 모퉁이에 비닐 포장을 치고 나무판 아래에 연탄불을 넣고서 꽁꽁 언

손을 녹여 가면서 잠시 앉아서 쉬고 있는 두부장사 아주머니와 나와의 만남은 우연이었다.

두부를 사러 가면 웃음띤 얼굴로, 나무판 위에 올려진 두부들이 내 눈에는 똑같아 보이지만, 작은 비닐 봉투에다 이것저것 골라서 담아 주는 정성도 마음에 들었고 또 언제 만나도 변함없는 친절한 모습과 늘 입가에 띄워 주는 웃음이 정겹기만 하다.

낙엽들이 수북하게 깔려 있는 산 중턱의 어느 숲 그늘에 앉아서, 은은하게 풍겨 오는 솔내음 같은 두부장수 아주머니의 손길에서 전해져 오는 훈훈한 사랑을 느껴 본다. 땀흘림으로써 포근한 기쁨을 얻어내는 삶의 목표가 있어서 세상은 참으로 아름답고 풍요롭다.

가을 꽃 닮은 친구

들국화 같은 영숙이와 코스모스 같은 영주, 해바라기 같은 영희, 이 세상 다 변한다 해도 우리 셋의 우정은 영원히 변하지 않을 것이며 무엇에다 비유할래야 비유할 수가 없다.

가을이 오는 소리가 들린다.

들국화 곱게 피어 있는 강둑에 올라서면, 한 줄기 바람이 내 검은 머리카락을 흩날리며 추억을 불러일으키는 그리움 속으로 나를 초대하는 듯싶다.

내게는 소중한 친구가 있다.

이 세상에서 부모, 형제 다음으로 나를 아껴 주며 사랑해 주고 늘 나를 위해 기도하고 있는 모습을 생각하면 나는 늘 행복하다.

영숙이, 가만히 불러보는 그 다정한 이름.

영숙이는 여중 시절에 부모님을 잃고 홀로서기를 하면서, 아버지의 친구분 소개로 낮에는 직장에서 근무하고 밤에는 야간학교를 다니면서 외로워도 외롭다고 울음 한번 울지 않았다. 전국 백일장에서는 언제나 1등을 차지해서 여고 3년간을 장학금으로 공

부했다. 그래서 학교에서 그녀의 이름을 모르면 그 학교 학생이
아니라는 말과 함께 선망의 대상이었다. 모범생이었던 어여쁜 친
구는 들국화를 무척 좋아했었다.

또 한 친구인 영주는 부잣집 딸로 무엇 하나 부러울 게 없는 아
이였다. 아버지가 모 기업의 사장이었고, 오빠들이 많아서 귀여
움을 독차지하면서 새침데기였던 친구는, 가냘픈 몸매에 예쁜 목
소리로 곧잘 노래를 불러 늘 코스모스 같은 친구라고 불렀다.

내가 학교 뜰안에 가득 피어 있는 꽃 한 송이를 꺾어다가 그녀
의 머리 위에 꽂아 주면 그녀는 빙그레 웃어 주었다. 그렇게 웃으
면 유난히도 입이 컸는데, 나는 그런 그 친구의 미소를 좋아했었다.

나는 혼자 있기를 좋아하였고 늘 머릿속에는 무엇인가를 그리
며 사랑에 목말라했었다.

5남매 중 넷째였던 나는 사랑에 굶주린 목마른 사슴처럼 부모
님의 사랑을 갈구했던 만큼 그 외로움이 짙어만 갔다. 언제나 그
사랑을 하나뿐인 언니에게 빼앗기면서 양보하면서 살았기 때문이
다. 언니는 몸이 약하고 늘 병에 젖어서 살았기 때문에 부모님의
사랑을 많이 받았다. 그래서 그 사랑이 내게 미치지 못하는 것을
나는 불만으로 여기며 살았었다.

지금에 와서 내가 자식을 낳아 길러 보니 부모님의 사랑을 뒤
늦게 깨닫는 마음이 구구절절이 아파 온다. 잘해 드린 마음보다
는 못해 드린 마음이 더 많은 것 같아 이 세상에 살아 계신다면
모든 것을 다해 잘해 드릴 것만 같은데, 불행하게도 두 분 모두
내 곁에 계셔 주시질 않는다.

들국화 같은 영숙이와 코스모스 같은 영주, 해바라기 같은 영
희…….

이 세상 다 변한다 해도 우리 셋의 우정은 변하지 않을 것이며
무엇에다 비유할래야 할 수가 없다.

우리는 벌써 삼십여 년 간을 서로 가까이 마주 보면서 제각기
다른 환경 속에서 열심히 살았다.

대학을 나와 영숙이는 교사 부부가 되었고, 영주는 목사 부인
이 되어서 일본땅으로 건너가 선교사업을 하며 힘들게 살아가는
나를 위해 열심히 기도해 준다. 그 사랑에 보답키 위해 나 역시도
나의 기도 중에 두 친구를 생각한다.

들국화 같은 영숙이는 너무 훌륭한 친구다. 시부모님이 안 계
시는 맏며느리로 시집가서 큰 시동생을 목사로, 작은 시동생은
치과의사로, 그리고 막내 시누이를 결혼시키기까지 어려움을 겪
어 내느라 조선일보 신춘문예 당선의 기쁨을 20여 년 동안 그대
로 묻어 두고 살았다.

나는 그게 안타까워 셋이서 만나면 글쓰기를 권유하며 자신이
없어할 때는 용기를 북돋워 주곤 했다. 이번에는 영숙이가 대작
을 썼다.

그녀가 《파주에서는 우산을 쓰지 않는다》라는 책을 낸 것이
다. 한국번역출판사가 413페이지의 소설책으로 발간해 주었다.

노오란 색깔의 겉표지 뒷면에는 활화산 같은 정열을 간직한 채
오랜 침묵의 세월을 보낸 저력의 작가 노영숙이 분출해 내는 사
랑과 인고, 좌절과 환희의 대서사시가 있다.

이 책이 나오던 날, 일본에 가 있는 영주를 불러서 셋이 한자리
에 모였다. 그리고 울었다. 기쁨의 눈물을 흘렸다.

인내와 사랑으로 지켜낸 삶이 참으로 아름다운 것임을 새삼 느
끼면서…….

청소년, 무엇이 문제인가?

깊은 밤, 어느 깊은 산골의 맑디 맑은 물 속에는 작은 물고기떼들이 자유로이 움직이며 놀고 있다. 청소년 시절의 고통과 고뇌는 새로운 삶의 시작이며 아름다움이라고 말하고 싶다.

봄이 왔다.

그러나 날씨는 여전히 맵고 차기만 하다.

논두렁 길을 걸어 보면 발 아래에 작은 새싹들이 파랗게 하늘을 향해 머리를 쑤욱 내밀고 있다.

하늘에는 새하얀 구름이 옆의 구름들과 어우러져 아름다운 색깔로 마음을 기쁘게 해 주고 있다. 곱게 차려 입은 여학생의 교복 차림과 남학생의 교복 입은 늠름한 모습 안에서 봄의 향기를 맡는다.

청소년 여러분!

지금은 무엇이 우리들의 마음을 무겁게 하고 무엇이 문제가 되어서 선과 악의 갈림길에서 방황하고 있을까요?

국내 청소년의 흡연율이 세계 최고라고 한다.

마약보다도 더 중독성이 강하다는 담배가 청소년들을 좀먹고 있다. 이는 가정에서의 부모의 흡연, TV 드라마에서 인기 탤런트가 뿜어내는 연기가 하늘을 향해 멋있게 올라가는 모양을 보고 유혹을 느껴 그대로 흉내내고 있는 것이다. 이러한 청소년들의 흡연을 말리는 사람이 점차 줄어들고 팔짱을 끼고 구경만 하고 있는 현실이 안타깝다.

신체적 발육은 물론 세포 조직이 미약한 청소년이 담배 연기에 노출되면 위험성이 크다고 한다.

특히 여학생 흡연의 증가는 폭발적이고 위험 수위에까지 이르렀다고 한다.

부모님의 사랑을 받지 못하고 자란 아이들은 남에게도 사랑을 주는 법을 모르고 스스로 이 사회에서 쓸모없는 사람이라고 생각하고 아예 삶을 포기해 버리는 경우가 있다.

이러한 안타까운 현실 속에서 우리 부모님들부터 먼저 금연하고, 청소년들에게 제일 영향을 많이 줄 수 있는 교사들의 금연 또한 중요하다고 생각한다.

자신의 기분이 좋지 않다고 해서 자녀들에게 화를 내고, 마음을 상하게 하고, 바보라고 욕함으로써 자신감을 빼앗고 비참하게 만든 적은 없는지, 우리 부모님들은 한번쯤 생각해 보시길 바란다. 만약 말과 행동으로 마음을 다치게 한 일이 있다면 용서를 청하고, 많은 대화를 나누고 서로를 이해하며 사랑할 수 있도록 노력하는 것이 청소년을 위한 참다운 길이다.

깊은 밤, 어느 깊은 산골의 맑디맑은 물 속에는 작은 물고기떼들이 자유로이 움직이며 놀고 있다.

청소년 시절의 고통과 고뇌는 새로운 삶의 시작이며 아름다움이라고 말하고 싶다.

청소년 여러분들에게 이해인 시인님의 〈기쁨에서〉란 시를 선물로 드리고 싶다.

기쁨아, 너는 맑게 흘러왔다 맑게 흘러가는 물의 모임이구나.

빠르고 느리게 높게 낮게 모여드는 강, 바다, 호수, 폭포.

조금씩 모습을 바꾸며 흘러오는 너를 나는 그때마다 느낌으로 안다.

모든 맑은 물이 그러하듯 기쁨아.

누구도 너를 혼자만 간직할 수 없음을 세상은 안다. 그래서 흐르는 생명으로 네가 오면, 나도 너처럼 멀리 흘러야 한다. 메마른 세상을 적시며 흐르는, 웃지 않는 세상에 노래를 주는 한 방울의 기쁨으로 깨어 있어야 한다.

청소년 여러분!

성인이 된 후에는 인생의 목표가 있어야 하지만, 여러분에게는 학생으로서의 신분에 어울리는 목표를 정해 물질로만 채워지는 세상을 보지 말고, 모든 사람들에게 기쁨을 주고 높고 고상하고 영원 불변하는 생의 목표를 향해 달려가야만 합니다.

나는 청소년들의 웃음이나 얼굴 표정을 보면서 하늘의 별자리만큼이나 소중함을 느낀다. 교복 차림 속의 아름다움에는 낮음

속에 높음이, 지식보다는 높은 곳에 신비로움이 있다. 그 신비로움이 여러분들을 평화의 길로 인도하리라 믿는다.

봄이 오는 소리를 들으면서 꽃 피고 새 우는 작은 들판 길을 걷는다. 작은 풀꽃 한 포기에도 아름다움이 가득 들어 있음을 본다.

청소년 여러분, 삶에서 사랑을 만날 때 경쟁의 대상이나 비교의 대상으로 삼지 말고 축복의 대상으로 생각하면서 푸른 꿈과 희망을 갖고 기쁘고 밝고 환하고 크게 웃어 봅시다.

하늘을 날고 있는 새들처럼 우리의 꿈나래도 크게 펼쳐 봅시다.

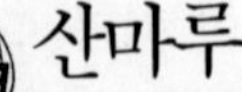

산마루

따뜻한 바람결을 타고 꽃들이 아름답게 피어나고 있다. 먼 산마루에 싱그러운 빛깔로 푸르름의 자태로 서 있는 나무 사이로 오월의 문이 막 열리고 있다.

날씨는 많이 따사로워진 데 반해 우리나라의 실업자 수는 100만 명을 훨씬 넘는 것으로 집계되었고, 국가와 기업, 금융기관 등 우리 모두가 갖고 있는 부채가 수백조 원에 달하고 있다. 기업의 구조조정으로 인해 실업률이 그 어느 때보다 높은데도 고급 백화점에서는 수입 명품 매출이 80%나 늘고, 값비싼 머플러가 불티나게 팔려 나가고 몇백만 원대를 호가하는 영국산 버버리의 경우는 매출이 지난해보다 600% 증폭하는 등 고급 외제품의 소비가 엄청나게 늘었다고 한다. 이는 무엇을 의미하는 것인가. 정말 가슴 아픈 오늘날의 슬픔이며 비극이 아닐 수 없다.

실업자가 늘어나면 국가의 윤리와 도덕성이 땅에 떨어지게 되고 사기와 범죄가 난무하게 되며, 성윤리가 무너지면서 가정의 붕괴와 함께 사회질서를 마비시키는 엄청난 불행을 초래하게 된다. 우리가 어떻게 한 마음의 자세로 이겨 내야 할지 걱정스럽다. 우리가 부도의 위기에서 한숨 돌렸다고 해서 사태가 나아진 것이라는 생각으로 허영과 사치, 과소비 병이 재현되어서는 결코 안 된다. 위기는 정말 이제부터 시작이다.

직업에는 귀천이 없다. 열심히 노력하면서 서로를 이해하며 도와 가면서 참다운 삶의 자세로 국민 모두가 살아가야 우리가 살 길이다.

봄이 가져다 주는 약동하는 생명의 소리에 잠시나마 귀 기울여 들으며, 일상생활 속의 괴로움과 가난의 슬픔과 방황과 고통의 아픔을 잊어버리고 싶다.

그리고 머리 속에 기억되어 있는 박재삼 시인의 〈무언(無言)으로 오는 봄〉을 외워 보면서, 나를 아껴 주시며 지금도 사랑을 듬뿍 주시는 모든 분들께 시와 함께 봄이 가져다 주는 기쁨을 함께 나누고 싶다.

'뭐라고 말을 한다는 것은
천지 신명께 쑥스럽지 않느냐.
참된 것은 그저 묵묵히 있을 뿐
호들갑이라고는 전연 없네.
말을 잘 함으로써 우선은 그럴싸하게 보이지만,
그 무지무지한 추위를 넘기고

사방에 봄빛이 깔리고 있는데,
할말이 가장 많은 듯한 그것을
그냥 눈부시게 아름답게만 치르는
이 엄청난 비밀을
곰곰이 느껴 보게나.'
가끔씩 생각이 나서 이 시를 애송하며 읊어 보는데, '참된 것은 그저 묵묵히 있을 뿐 호들갑이라고는 전연 없네'라는 시 구절을 나는 아끼며 좋아한다.

봄이 가져다 주는 온갖 꽃들의 화려함과 속삭임을 보면서, 어른이 된 오늘의 내가 어린이로 되돌아가고픈 동심의 세계로 봄의 향내음이 유혹을 한다.

일을 하다가 고되어서 잠시 쉬고 나서 다시 움직이면 새 힘이 솟아나듯이, 얼어 붙었던 내 마음에도 봄은 깨어남과 일어섬과 움직임을 안겨다 준다.

흔히들 가정은 행복의 샘터라고들 한다. 그러나 IMF시대는 우리 가정을 송두리째 흔들리게 하고, 사랑의 보금자리가 되어야 할 가정이 스트레스를 주는 곳이 되고 있다. 그래서 거친 말로 자존심을 건드리고 서로의 가슴에 상처를 남기고는 이혼하는 가정이 점차 늘어만 가고 있다.

진정한 행복이란 어디에 있는 것일까? 내가 어디에 살고, 무슨 일을 하고, 무엇을 소유하고 있느냐에 따라 행복과 불행이 결정되는 것은 아니다. 행복은 마음가짐과 내가 어떻게 생각하느냐에 따라 결정된다. 참된 행복을 깊이 느끼고, 자유롭게 생각하며, 단

순하게 즐기며, 서로를 존중하여 주는 사랑 안에서 어려운 때일
수록 부부 사이에 허물을 털어 버리면 서로에게 따뜻한 말 한마
디 속에서 사랑을 느끼며 작은 정성으로 큰 행복을 얻을 수 있다.
우리가 살아 있는 순간마다 각자의 삶에서 아름다움의 깊이를 느
껴 보지 못하고 그냥 지나쳐 버릴 때, 자연이 가져다 주는 한 장
면이 삶의 한 순간을 용기와 지혜와 희망으로 밝혀 줄 수 있음은
얼마나 기쁘고 고마운 일인가.

　내가 사는 세상, 삶의 온갖 아픔 속에서도 내가 만나고 내가 보
는 사람들은 무척 소중하다. 따라서 우리는 자연 속에서 하나 되
어 풀잎과 함께 숨쉬고 나무와 함께 노래하자.

눈물 속에 지는 꽃

이름 모를 꽃 향기가 뜰 안과 집안에 가득하다.

노랑꽃, 빨강꽃, 연분홍 색깔의 곱디고운 꽃들이 소박하게 피고 지는 아름다움 속에서 자연의 질서가 얼마나 소중한 것인지를 배운다. 꽃처럼 조용하고 따뜻한 마음을 지닌 사람으로 이 세상을 살고 싶다.

그러나 이 세상살이에는 설마가 사람 잡는다는 말이 있듯이 그에 꼭 맞다.

사회가 점점 병들어 가고, 방송매체들이 벌이에 연루되어 있는 사람들이 검찰에 잡혀가는 내용을 연일 보도하지만 비리는 근절되지 않고 있다.

이번에 경기도 화성 청소년수련원 화재 사고로 숨진 어린이들의 합동 분향소가 차려진 서울 잠신초등학교 교실에서, 국립과학

수사 연구소 직원들이 나눠 준 '실종자 인적 사항 조사표'를 작성
하면서, 숨진 아이들의 얼굴을 그려 보고는 눈물을 쏟고 있는 모
습을 보았다. 그 상황 앞에서 어느 누가 울지 않을 수 있겠는가.
육안 식별이 어려울 정도로 심하게 불에 탄 23구의 시신이 뜨거
운 불길 속에서 공포에 떨며 엄마를 애타게 찾았을 것이라 생각
하니 내 가슴도 미어지도록 아파 왔다. 수나 양의 아버지는 조사
원에게 자그마한 치아를 주머니에서 꺼내 보이면서 '수나가 수련
원에 가기 전날 뽑은 것'이라며 '이게 딸이 세상에 남긴 마지막 흔
적이 될 줄은 몰랐다'고 말을 토해 냈다. 그 모습을 보면서 우리
는 또 한번 함께 울어야 했다.

　가나다 순으로 이름표와 함께 놓여진 어린이들의 영정 앞에서
실신해서 병원으로 실려 가는 부모들이 하루종일 줄을 이었다는
보도를 보면서 우리는 할말을 잃었다.

　윤석중 선생님의 동시 한 편을 적어 본다.

길거리에
작은 꽃 한 송이가 떨어져 있다
엄마 꽃이
얼마나 가슴 아프게 찾고 있을까.

　꽃 한 송이에도 이토록 사랑이 담겨져 있는데, 사랑하는 아이
를 하루아침에 하늘나라로 보내 버린 부모들의 빈 가슴은 누가
무엇으로 채워 줄 수 있겠는가.

아이들의 천진한 모습은 미래가 일어서는 희망을 예고하는 것이다. 가정과 사회와 국가가 어린이를 소중하게 생각하며 사랑과 보호를 우선으로 삼는 것도 우리의 미래와 희망이 거기에 달려 있기 때문이다.

오늘도 탄식하는 우리의 사건 현장에는 안전을 위한 울타리 의식의 저성장이 부끄러운 사건을 연발시키고 있다. 설마 내가 걸리겠느냐, 설마 내가 잘못한들 누가 본 사람이 있을까 하는, 무슨 일이건 적당히 하려는 적당주의에 젖어 있기 때문에 대형 참사를 부르는 것이다.

6월 30일 컨테이너 가건물 속의 유치원 아이들을 하늘나라로 보내 버린 참사를 보면서 다시 한번 느끼는 것은, 설마가 국가와 국민의 재산을 많이도 축내게 한다는 것을 깨달아야 한다는 것이다.

씨랜드 참사에서는 화재 조기 감지 시스템이 전혀 갖춰져 있지 않았으며, 대피를 위한 계획, 교육, 시설이 전혀 되어 있지 않았다고 한다. 그런데 어떻게 정부의 허가를 받았으며 소방시설 점검에도 합격할 수 있었는지 모르겠다.

우리의 안전 기준이 지극히 형식적이라는 무책임한 행동 앞에서 분노와 슬픔을 감출 수 없었다.

6월 그믐날, 하늘나라로 떠나는 열아홉 명의 아이들의 생명을 우리 때문은 어른들이 지켜 주지 못한 죄를 용서해 달라고 빌어 본다.

'하늘나라는 아름다움의 세계일 거야.

나하고 놀자, 소꿉놀이 하자고 서로를 불러대며 고운 눈매로 웃음을 나누고 사랑을 나누는 아름다운 별님이 되고, 이 세상을 환하게 비춰 주는 달님이 되었을 아이들아!

이 땅에서 다시 만날 희망이 없어졌지만, 사랑하는 엄마, 아빠의 사랑은 식지 않는단다.

꽃 향기 가득한 낙원에서 편히 잠자거라.'

아이들이 남기고 간 외로움의 조각들을 주워 모으며, 아픈 마음속에 그대로 가슴에 그려 넣었을 아이들의 부모님을 생각하며 성모상 앞에 고개 숙여 기도한다.

금잔화와 봉숭아, 분꽃, 코스모스……. 아름다운 꽃들의 이름처럼 조무래기들이 남기고 간 그 아름다웠던 추억들을 나비처럼 훨훨 하늘 위로 날려 보내시고, 새로운 희망, 새로운 소망의 꽃씨들을 뿌려 보세요.

귀엽고 예쁜 새로운 탄생의 아이를 위하여…….

언제나 6월이 오면 생각나는 아름다운 한 여인이 있다. 꿈처럼 별처럼 살고 있는 여자, 별과 함께 달과 함께 추억을 안고 살고 있는 여자.

신록의 계절 6월은 새하얀 꽃송이의 아카시아 향내음이 싱그러운 빛으로 안겨 와서 우리의 마음을 슬픔에서 기쁨으로, 미움에서 사랑으로 변하게 만들어 준다. 이렇게 아카시아꽃은 묘한 향기를 가지고 있다.

언제나 6월이 오면 생각나는 아름다운 한 여인이 있다.

꿈처럼 별처럼 살고 있는 여자, 별과 함께 달과 함께 추억을 안고 살고 있는 여자. 참으로 아름다운 삶으로 험한 세상을 살다가 남편을 하루아침에 잃어버리고 강하게 버티면서 살아가는 '한 여자의 숙명적인 삶의 그림자'를, 여기 종이 위에다 글을 쓴 것보다 한 폭의 동양화 자수를 수놓듯이 한 올 한 올 소중하게 수를 놓고 싶다는 것이 나의 표현이며 바람이다.

지금부터 15년 전의 이야기로 생각된다.

나영이가 다섯 살, 준영이가 첫돌이 되기 전에 불행한 일이 일어났다.

검은 베레모의 사나이 준영 아빠는 그때 대위의 계급장을 달았었고, 중대장으로서 많은 부하들로부터 사랑과 존경을 받았다. 그의 부하 사랑하는 마음은 남달랐고 인정도 많고 자상했다.

준영 아빠와 엄마의 부부 사랑도 친구들 사이에서 부러움을 독차지했었다. 연애 시절에는 친정집 부모님으로부터 군인이라는 이유로 반대가 심했지만, 준영 아빠의 꾸준한 설득력과 진심이 통해서 결혼 승낙을 받아냈다.

결혼 생활은 꿈 같은 나날이었다고 한다. 그날 아침도 작전을 나갔다가 하늘에서 원인 모를 공중 폭발로 비행기에 탑승한 검은 베레모의 사나이들이 전원 죽음을 당했다는 비보를 들었다.

준영 엄마의 모습은 차마 바라볼 수 없을 정도였다. 그녀는 서울 동작동 국립묘지에 하루도 빠짐없이 넋을 잃고 다녔다. 울어도 보고 허탈하게 웃어도 보고, 금방이라도 '여보' 하고 문을 열고 들어설 것만 같은 환상 속에서 몸이 마르고 입술이 부르트고, 차마 눈물 없이는 바라볼 수 없는 가련한 그런 모습이었다.

군인 아파트를 비워 줄 때도 준영 엄마는 국군 묘지에서 돌아올 줄을 몰랐다.

해가 지고 어둠이 내리깔릴 때에는 두 아이들 걱정으로 집에 돌아오기는 하였지만, 엉엉 소리를 내면서 울고 있는 모습은 한 떨기 외로운 들국화 같았다.

그러다가 친척들과 친구들의 보살핌 속에서 조금씩 안정되어

가는 모습을 우리에게 보여주기 시작했다. 그리고 강하게 버텨
주었다.

　나영이가 다섯 살, 준영이가 첫돌도 안 되었으니 옆에서 바라
보는 친구들은 재혼을 권유했다. 그러자 그녀는 무슨 말을 하는
거냐며 오히려 친구들에게 그런 말 하려면 우리 집에 오지도 말
라며 등을 떠밀었다.

　시집 식구들도 젊은 나이에 혼자 살아서는 안 된다고 하면서,
어느 날 갑자기 두 아이들을 데리고 가버린 빈 아파트에서 혼자
외롭게 앉아서 지난날을 돌이켜보니, 이 세상 어디에도 준영 아
빠처럼 자기를 사랑해 주며 아껴 주는 사람은 없을 것 같아서 도
저히 자신이 없더라는 것이다.

　그날 밤 시골집으로 달려가니 대문도 열어 주지 않고 시어머니
께서는 남편 없는 시집살이를 할 필요가 없다면서 내쫓더라는 것
이다. 그래서 준영 엄마는 대문을 붙들고서 한없이 울었단다.

　그리고 어머니께 내게서 나영이와 준영이만은 뺏어 가지 않으
면 살 수 있다고 애원을 했다고 한다.

　그러면서 하얀 밤을 꼬박 밖에서 울면서 지새웠다는 것이다.

　병원에 실려가서 정신을 차리고 보니 친정집 식구와 시집 식구
가 다 모여서, 네가 혼자 살겠다고 하니까 나는 더 이상 네게 이
고마운 마음을 어떻게 보답해야 할지 모르겠다고 하시면서, 며느
리를 안고 섧게섧게 울고 계시는 시어머님께 함께 살자고 한 약
속을 지금까지 지키면서 살아가는 모습 안에서, 나는 사랑이 얼
마나 위대하며 숭고한 것인가를 나영 엄마로부터 배운다.

옛날 그 시간

언니는 해마다 예쁜 꽃들이 필 때면 돌아가신 어머니 대신에 하나뿐인 여동생의 생일을 챙겨 준다. 그런 언니를 생각하면 포근하고 사랑스럽고 달콤한 향내가 난다.

아침부터 우리집 식구의 단잠을 깨우는 아기새 우는 소리가 들려 온다.

일어나서 창문을 여니 키 큰 나무와 작은 풀꽃들, 여기저기에 피어 있는 이름 모를 꽃들의 향기가 정겹기만 하다.

환기통 속으로 작은 새가 날아 들어와서 새집을 짓고서 그 둥지 안에다 한 마리 두 마리 물고 온 새끼 새들의 조잘거리는 울음 소리를 들으면서 잠시 명상에 잠겨 본다. 슬픔 속에 숨어 있는 기쁨과 고통 속에 숨어 있는 희망, 농담 속에 숨어 있는 진담을 알아내기란 하늘에 떠 있는 별들의 수를 헤아리는 것만큼이나 어렵고 힘이 든다.

남의 말 하는 것을 좋아하고 남을 비난하는 말들을 최선을 다해 아끼지 못하고, 남이 나를 향해 하는 비난의 말들을 어떤 것이라도 달게 받을 수 있는 마음의 자세가 되어 있지 않은 나 자신이 현명하지 못한 것 같아서 때로는 가슴이 아프다.

비가 오지 않는다.

사람 사는 곳곳마다 어느 지방은 비가 많이 와서 집이 무너지고 사람들이 다쳤다는 소식이 들리는데, 내가 살고 있는 이곳에는 연일 햇볕이 쨍쨍해 호수에 물이 마르고 논두렁 밭두렁엔 타들어가는 곡식들로 가득하다.

노랗게 피어나지도 못하고 시들어 버리는 호박꽃과도 같이 내 마음도 함께 시들어 버리는 오늘의 현실이 참으로 목마르고 숨이 차 오른다.

아아 바다, 바다로 향해 달려가고 싶다.

어머니 품안처럼 포근한 모래알 속에 얼굴을 묻고 흑흑 하고 가슴 시원하게 실컷 흐느껴 울고 싶다.

어린 시절, 내가 살던 집은 바다가 내려다보이고 일송도, 이송도 등대가 나란히 마주 보며 사랑을 나누듯이 우뚝 솟아 있었다. 그 사이로 넘나드는 통통배와 사람을 실어 나르는 여객선의 뱃고동 소리는 악보가 필요하지 않는 아름다운 음악이었다.

학교로 가는 길목에는 시장이 있었는데, 큰 대야 위에다 나무 판대기를 깔고서 그 위에 생선을 몇 마리씩 무더기를 만들어 놓고서는 크게 목청 높여 부른다.

"생선 사이소."

"아지매, 이 생선 참 싱싱합니더."

"사 갖고 가이소예."

하고 얼굴이 검게 탄 건강한 모습의 밝고 환한 웃음을 보여주셨던 그 아지매의 삶의 현장은, 오늘의 내게 소금이 되었고 삶의 지름길이 되었다.

오늘은 미국에 살고 있는 언니로부터 네모난 상자의 소포를 받았다.

언니는 해마다 이렇게 예쁜 꽃들이 필 때면 돌아가신 어머니 대신에 하나뿐인 여동생의 생일을 챙겨 주신다.

언니를 생각하면 엄마처럼 포근하고 사랑스럽고 하얀 아카시아 꽃잎처럼 달콤하다.

향내음이 짙은 상큼한 향기가 언니의 마음인 것 같아서 눈가에서 눈물이 핑그르르 방울지어 떨어진다.

상자 속에는 조카가 사 주었다는 두 딸아이의 CD기와 영어 회화 배우라고 작은 카세트와 끊임없는 사랑과 관심 속에 내게 쓴 편지가 들어 있었다. 금색으로 치장한 작은 손가방을 열어 보니 그 속에는 내가 좋아하는 향수와 화장품이 종류별로 구분되어서 하나 둘 예쁘게 포장돼 있었다. 그 정성과 사랑이 각별해 코끝이 찡해 온다.

나는 언니에게 내 삶이 어렵고 힘들다고 편지 한 장 정성스럽게 써 보내지 못하였다. 가끔씩 전화를 걸어,

"언니야, 아픈 몸은 어때? 어젯밤 꿈속에 언니를 보았거든."
하고 시작되는 전화 속의 대화는, 나보다 네 살이나 위인 언니에게서 착하고 어진 친구 같은 사랑을 느끼게 한다. 그리고 때로는 스승과 같은 지혜로운 대화 속에서 지금의 어려움을 이겨내고 있

는 것은 언니의 보살핌 때문이다.

언니를 생각하는 내 그리움이 향수에 젖어 바닷가 모래밭 여기 저기에 흩어져 있는 무늬 고운 조가비랑 나와 언니의 마음을 함께 물들인 저녁 노을을 바라보면서, 끝없는 수평선을 향해 거닐던 지난날의 아름다웠던 시간들을 미치도록 그리워한다.

언니가 내게 주는 순수한 사랑과 무조건적인 사랑 앞에 오늘의 내가 또다시 일어설 수 있음을 조용히 속삭인다.

감사하는 마음으로.

아, 삶의 향기여

남에게 애써 변명하며 인색하게 재물을 모으지 말라. 죽은 다음 쑥대밭에 뒹굴 때 모든 것을 후회하리라. 후회하지 않으리라 하면서 후회하면 더욱 후회하리라.

여름 밤, 하늘의 별들을 헤아려 본다. 가뭄에 호수의 물이 마르고 손님 한 분 없는 삶의 터전인 낚시터를 바라보며 생각에 잠긴다. 나의 가슴을 목타게 하더니 폭우가 쏟아지고 태풍이 몰아쳐서 삶에 지친 마음을 더욱 고통스럽게 만들어 주었지만, 좌절에서 용기를, 슬픔에서 힘을, 절망에서 희망을 찾는다는 용기를 가져 본다.

희망이 살아 빛을 줄 때 삶이 더욱 삶다워질 수 있다는 내 나름대로의 믿음 때문에 나는 다시 일어서야 한다.

세상이 온통 물난리를 겪고 있는 속에서, 논바닥에 서서 벼포기들을 일으켜 세우는 쓰라린 농부들의 모습을 바라본다. 상처난 몸과 마음을 서로 격려하면서 살아가야 하는 삶의 운명 앞에서 해마다 한여름을 무사히 넘긴다는 일이 얼마나 힘들고 어려운 것인지를 살아가면서 알 것 같다. 고통을 서로 반으로 나누면서 살아가는 삶만이 희망의 불꽃을 꺼뜨리지 않을 수 있는 것 같다.

여름 밤은 별들이 유난히도 예쁘고 빛이 곱다. 수마가 할퀴고 간 자리마다 넋을 놓고 통곡하는 모습에서 세상살이가 얼마나 힘들고 고통스러운가를 들여다본다.

살인적인 불볕 더위도 이제 그 막바지에 이르고, 아침 저녁으로 불어오는 시원한 바람은 목이 마를 때 청량 음료수를 마시는 기분이다.

달이 뜨지 않는 시간인데도 가까운 곳, 어두운 밤 하늘 밑은 해하얀 빛으로 온 누리를 뒤덮고 있다.

여름 밤 하늘에 대낮같이 밝게 전깃불을 켜 놓고 골프를 치고 있는 모습을 바라보는 이웃의 눈길, 그런 모습을 그들은 어떻게 받아들일지 무척이나 궁금하다.

자연의 아름다움은 훼손되어 가고 불빛을 받고 서 있는 푸른 숲의 나무들은 푸른 빛을 잃어 가고, 논두렁의 벼 이삭은 영글어 가는 시간이 늦어지고 있다. 대낮같이 밝게 불빛을 비추면서까지 골프를 쳐야만 할까?

오늘도 논바닥에 홀로 서서 몸 하나로 희망의 벼포기들을 일으켜 세우는 쓰라린 농부의 심정, 그들의 심정을 조금이라도 함께 나누어 가질 수는 없는 걸까.

상처난 몸과 마음을 따뜻하게 감싸주고 서로 격려하면서 일어설 자리를 찾아 줄 수 있을까. 오늘은 왠지 심사가 뒤틀리고 비비 꼬이기만 한다.

이럴 땐 나에게는 책이 특효약이다. 눈을 꼬옥 감고서 내 마음이 아프고 중심을 잃어버렸을 때 습관적으로 책을 펼치는 솜씨는 한 줄기 빛깔 고운 시간으로 변한다.

가난한 자의 슬픔은 가난한 자만이 안다. 재물이 있는 자는 가난한 자의 고통을 진실로 알지 못한다. 눈물로 밤을 새우며 굶주려 보지 않은 자가 어찌 가난의 고통스러움을 알 것인가.

남에게 애써 변명하며 인색하게 재물을 모으지 말라. 죽은 다음 쑥대밭에 뒹굴 때 모든 것을 후회하리라. 후회하지 않으리라 하면서 후회하면 더욱 후회하리라.

흘러가는 세월은 멈추지 않는다. 마음속에 품은 생각 유유해도 갑자기 바람 한번 불어와 검은 머리 희게 하고 얼굴은 주름잡혀 늙었구나.

자기를 긍정하려는 자는 남도 긍정하라. 서로가 서로를 헐뜯고 비난하는 인간의 마음을 알 수가 없구나. 비웃고 다투기만 하면서 험난한 인생살이를 어떻게 헤쳐 나갈까.

남의 도움 잊어버리고 부자라고 뽐내지 말라. 언제 그 재물이 없어질지 모른다. 오늘의 부자가 내일은 가난뱅이로 뒤바뀌니 부디 스스로를 돌이켜보라.

나는 진리의 말씀을 읽고서 마음의 평화와 희망을 찾아가는 한 마리 새가 되어 푸른 하늘을 훨훨 날고 싶다. 세상살이가 쉽지 않기에 그 꿈 많던 어린시절을 떠올려 보면, 여름 밤은 자연 그대로 호젓하게 아름답고 풍요로움으로 다가온다.

여름은 깊고 깊어 그 고단한 뒷등을 보이며 서쪽 고갯마루를 넘어가고, 이제 우리 모두 아픔을 딛고 일어서야 할 때가 온 것 같다.

서럽고 아린 가슴에 희망의 별 보듬고, 아! 삶의 향기여 이 세상 끝까지 골고루 퍼져라.

인생은 한바탕 꿈

호숫가의 숲길에서 낙엽들이 이리 뒹굴 저리 뒹굴 흩어져 가는
소리에 내 마음도 흔들린다.

보랏빛으로 곱게 피어 있는 마지막 들국화와 억새풀이 아픈 마
음을 풀어 헤치고 있다. 가을 하늘에 떠다니는 한 조각의 구름을
타고 이 세상 끝 닿는 곳까지 가고 싶다.

사랑을 주는 사람도 사랑을 받는 사람도 어느 순간엔 왠지 서
먹해지고, 기쁨을 잃었을 때 나는 한 마리 작은 새가 된다.

남보다 몇십 배 뛰어야 하고, 몇십 배 힘겨운 삶을 살아야 하는
삶의 무게로 새벽잠을 설치며 작은 십자가 고상 앞에 무릎을 꿇
고 앉아 기도하는 내 마음은 작은 촛불이고 싶다.

바쁨 속에서도 사랑과 우정과 기도가 있다면, 기쁨과 평화로움
속에서 그럭저럭 시간을 메우는 삶보다는 순간순간 최선을 다하

며 정성껏 살아가는 삶이 훨씬 아름답다. 누가 나를 좀 힘들게 하더라도 웬만한 괴로움은 내색 않고 참아 받을 수 있다는 신념 하나로 향내음 나는 나무가 되고 싶다.

오늘은 오랜만에 친구를 만났다.

고향을 그리워하며 옛날을 그려 보며, 낙엽이 바람결에 흩어져 가는 소리를 들으면서, 발 아래 발갛게 물든 단풍 잎새를 하나 주워 지갑 속에 넣었다.

겨울 뒤에 오는 봄, 여름 뒤에 오는 가을, 추억 뒤에 담겨 있는 우정이 있다면 우리의 삶은 외롭지 않다.

친구는 작은 것에서부터 남을 도와주는 좋은 일을 하고 싶다면서, 비록 작은 돈이지만 돌봐주는 사람이 없는 어려움에 처해 있는 미결수의 사식을 넣어 주고 싶다고 했다. 그러면서 경찰서로 함께 가자고 부탁을 한다.

수사과장님을 만나 전혀 알지도 못하는 가난한 이웃을 위하여 자신의 돈을 내놓는 것을 보며, 사랑은 아름답고 남의 도움을 받는 사람들은 작은 소망을 잃지 않으며, 이 사랑에 자극받아 더 열심히 깨끗하게 살아갈 준비를 하게 만들 것이다.

좀더 크고 넓은 마음이 아무 조건 없이 무한대의 사랑으로 이웃을 위해 몸바친 이들이 있었기에 세상은 아직 아름답고 살만한 것 같다.

친구는 행복한 마음으로 두 번째의 욕심을 내었다.

가사일을 하면서 시간을 쪼개 양로원에 계시는 분들을 위해 봉사해야겠다고 '밝은 집' 으로 안내해 달라면서 내 팔을 껴안는다.

깨끗하게 정리 정돈이 잘 되어 있는 뜰 앞에는 여러 가지 나무들이 마지막 아름다움을 간직하기 위해 곱게 물들어 가고 있었고, 여러 단체들이 정성스럽게 심어 준 잔디밭이 웬일인지 보기 흉한 모습으로 파여져 있었다. 여름날 시원하게 그늘져 이야기 장소로 꽃피웠던 나무들도 뽑혀져 버리고 채소밭으로 변해 배추, 고추, 작은파, 쑥갓들이 다함께 '나를 뽑아서 김장을 하세요'라고 가을 낙엽과 함께 노래를 한다. 하지만 아직도 모자라는 배추와 양념장 값을 필요로 하는 양로원이 많다는 것을 외면할 수 없는 사실이다. 이러한 곳에 사랑의 손길로 이웃을 위해 아름답고 따뜻한 마음을 가진 모습으로 나타나는 사람이 많았으면 좋겠다.

참으로 남을 사랑하는 사람은 하늘의 별과도 같이 아름다워 보인다.

일주일에 두 번씩 찾아와서 몸을 씻어 주고 가는 봉사자들은, 힘겨운 하루를 보내지만 집으로 향하는 발걸음은 그렇게 가벼울 수가 없다. 그런 행복의 웃음 안에서 보석처럼 소중한 삶의 따뜻함을 안아 본다.

원장님 내외분이 장례식날 필요한 하관(下官) 걱정을 하셨는데, 뜻밖에도 농협에서 값싸게 구입할 수 있도록 알선하여 주셔서 준비해 놓았다고 기뻐하시는 두 분의 모습을 바라보는 나의 마음은 한없이 기뻤다.

시신을 두 내외분이 함께 만지고, 수의를 입혀 드리고, 장례 예절을 질서정연하게 손수 진행하신다는 말씀 안에서, 나는 뜨거운 눈물과 함께 두 손을 맞잡아 드렸다.

해병은 조국의 꽃

주여, 때가 왔습니다.
여름은 참으로 위대했습니다.
당신의 그늘을 해시계 위에 내리시고
벌에는 바람을 일게 하여 주십시오.

마지막 열매들을 살찌게 명하여 주소서.
그들에게 남국의 햇볕을 이틀만 더 내리시어
무르익게 하시고
무거운 포동송이에
마지막 감미를 불어넣어 주십시오.

이제 집이 없는 사람은 집을 짓지 못합니다.

혼자인 사람은 또 그렇게 오래 홀로 남아서
잠 못 이루고 책을 읽거나
긴 편지를 쓸 것이며
그리고
나뭇잎이 흩날리는 가로수 길을 무거운 마음으로
소요할 겝니다.

가을이면 생각나는 라이너마리아 릴케의 〈가을날〉이다.
아름다운 계절이다.

오랫동안 책갈피에 꽂아 두었던 빛 바랜 나무 잎새 하나를 바라보다가 문득 그리운 사람들이 있어서 이 글을 쓴다.

《해병 전우 뉴스》지를 창간호부터 읽어 오신 해병 가족 여러분들께, 이 데레사는 실로 오랜만에 기쁜 마음으로 인사드린다.

개인 사정으로 원고를 미루어 온 나에게 집배원 아저씨가 가져다 준 《해병 전우 뉴스》지를 받아들고 나는 오랜 시간 동안 호숫가를 서성이며 걸었다.

그토록 내 작은 가슴속에서 떠나지 않았던 잉크 냄새와 '한번 해병은 영원한 해병!'이라는 그리움이 안개꽃처럼 피어오르는 목마름 속에서, 해병 가족 여러분의 이해와 보살핌이 늘 저와 함께 하시기를 부탁드리고 싶다.

맑은 호수 같은 가을 하늘과 흰 뭉게구름은 우리에게 거짓없는 마음으로 살라 한다.

가을 하늘 아래서는 홀로 서 있는 것이 외로워 보이지 않는다.

이름 모를 풀꽃들과 알차게 영글어 가는 열매의 숨소리를 들으면서 우리는 강하게 살아가는 삶의 진리를 깨닫는다.

가을이다.

불타는 태양 아래 알차게 영글어 가던 사과랑 배, 복숭아, 포도 등이 태풍으로 떨어져 내리던 날에는 우리 모두가 안타까워했다.

그러나 늦가을까지 마지막 하나라도 영글려는 열매들의 결실에 검게 탄 농부의 웃음이 있었다.

우리는 누구나 여름을 살아온 가족이다.

삼풍 백화점이 와르르 무너져 내리던 날, 제일 먼저 달려가 봉사를 하던 우리 해병 전우들의 씩씩하고 늠름한 모습을 TV 화면에서 볼 때에는 믿음이 기도로써 전해져 왔다.

아! 우리 해병들의 투철한 조국애, 그 정신이 없다면 얼마나 삭막한 세상이 되어 버렸을까.

해병 가족 여러분! 가을 하늘을 한번 올려다보라. 월남에서 목숨 걸고 싸우다가 사랑하는 고국에 돌아와서는 고엽제 후유증에 시달리며 살아가는 참전 용사들의 아픔을 우리가 외면한다면 그 누가 그들에게 도움을 주겠는가?

그리고 월남전에서 수색 작업을 나갔다가 갑자기 날아온 수류탄을 자신의 몸으로 덮침으로써 부하들을 구하고, 자신은 그 자리에서 혹사당하신 30년 전 고 이인호 소령님, 그리고 그 유가족들을 생각해 본다.

나약한 여자의 몸으로, 당시 7세와 4세였던 어린 두 남매를 남편의 정신을 지주삼아 굳건하게 살면서 열심히 가르치고 훌륭하

게 성장시킨 장한 어머니로, 그의 일생을 꿋꿋이 살아온 모습이
야말로 한 송이 국화꽃으로 비유하고 싶다.

또한 장한 아버지의 뒤를 이어 부하들을 사랑하며 오늘도 우리
에게 평안한 삶을 살게 해 주시는 이제구 해병 소령님께 모든 국
민을 대표해서 감사를 드린다.

그리고 이 결실의 계절 가을, 해병 가족 모두에게 무엇인가 한
가지라도 뜻깊은 열매를 맺기를 기도한다.

복되어라 새천년

오늘 밤엔 하얀 눈발이 흩날린다.

내가 사랑하는 호수, 달과 별을 바라보며 한없이 내리는 맑고
고운 흰 눈꽃송이 속에서 아름다운 것들만 생각해 보고 싶다.

정부는 IMF 관리 체제를 불러온 외환 위기를 완전히 극복했다
고 선언하였지만, 지하도와 거리를 방황하는 노숙자가 전국적으
로 5천여 명에 이르고, 해결의 기미는 보이지 않고 겨울이 되면서
그 수가 점차 늘어가고 있다. 천주교 노숙자 무료 급식 시설인 소
망의 집과 프란치스코의 집 등에는 매일 평균 이용자가 220명에
서 5백 명을 넘어서고 있다고 한다.

우리를 병들게 하고 살기 위해 앓아야 하는 고통 속에서 나는
부자가 되고 싶다.

영세민들에게 일자리를 제공해 주고 사람의 인내, 사람의 정

신, 사람의 선과 희망을 안겨다 줄 수 있는 믿음의 부자가. 헐벗
고 굶주린 사람들에게는 절실히 필요하기 때문이다.

9일에 치러진 경기 안성시장, 화성군수 재·보궐선거에서는 유
권자들의 심판을 겸허하게 받아들인다는 공식적인 발표를 여당
대변인들이 하였다.

옷 로비사건, 검찰 중립성 시비, 국민연금 확대 실시 혼선, 의
료보험 통·폐합 혼선…….

이루 다 헤아릴 수 없는 국정 난맥상에 따른 민심이 선거 결과
로 나타났다고 한다.

농경사회가 산업사회로 탈바꿈할 때 기를 쓰고 숨가쁘게 벗어
버린 보릿고개에서, 먹고 사는 일이 자연의 오묘한 속도와 조화
를 이루어야 한다는 순리를 안다면 벼락부자가 자랑거리만은 아
닐 테고, 갑작스런 부유함으로 인해 오는 오만과 방관은 새로운
연대의 문턱을 가뿐하게 뛰어넘기 위해서는 고쳐야 한다.

이제 우리는 새로운 세기와 새로운 천년의 시대를 살아가고 있
다. 우리가 맞이한 새 천년의 시대는 반드시 새로이 눈을 뜨고 뒤
를 돌아보아야 한다. 오늘을 정확하게 알아야 내일을 곱고 바르
게 살아갈 수 있는 힘이 생겨나기 때문이다.

컴퓨터의 발달로 경제·문화·노동·여가 등 인간의 모든 생활
영역에 유전자 조작을 통한 인간 복제가 기술적으로 가능해졌다
고 한다. 세계 각국은 새 천년의 변화와 방향을 예측하고 지식 기
반의 사회를 이끌고 나갈 인재 양성과 교육을 개편하고 발전시켜
나가는 데 총력을 다하고 있다.

일본은 몇억씩을 투자하여 강당과 식당, 수영장, 휴게실, 과학실, 학년 단위의 도서관 등이 포함된 세계에서 제일 좋은 학교를 짓고 최첨단의 교육시설을 갖추고 있다고 한다.

우리나라는 컨테이너 교실에서 수업받고 있는 학교가 전국적으로 69개교에 이르고 붕괴 위험이 있는 학교만도 92개교에 달한다고 한다.

학생들이 19세기식 건물과 교육환경에서 공부하고 생활하고 있는 현실인데도, 국민체육진흥 공단에서는 100억 원이라는 예산을 들여 총 80개교의 운동장을 잔디구장으로 바꾸겠다는 계획을 세우고 있는 모양이다. 도심 속의 아이들은 쉬는 시간이나 점심시간, 방과후에도 학교 운동장에서 뛰어논다. 그런데 마땅한 놀이터를 갖지 못하고 있는 판에 아이들이 뛰놀 수 있는 유일한 공간에다 잔디를 심을 경우, 잔디를 보호하기 위해 투입되어야 할 예산 문제는 접어두고라도, 아이들이 마음껏 뛰어 놀 수 있는 놀이터를 빼앗는 셈이 된다.

시골 지역에 매년 줄어가는 시골 학교의 통폐합 대상인 학생수 100명 이하인 초등학교는 걱정이 태산 같다.

학교측의 노력과 총동창회가 기별로 모금을 모으는 학교는 그나마 희망적이지만, 그렇지 못한 초등학교는 존폐의 기로에 서 있다.

새 천년에는 우리 모두가 고루고루 어른이 되자. 남을 속이는 일을 가장 부끄럽고 천하게 여기며, 자기의 개성을 살려 자부심을 갖고, 타인을 존중할 수 있는 용기를 키워서 자기만의 독특한 향기를 지니자. 그 향기가 미움과 시샘, 다툼, 갈림, 속임 등을 다 털고 훈훈한 사랑으로 서로 보듬고 지나온 날을 되새겨 뉘우치면서 새 천년에는 새 눈을 뜨고 새 마음 새 뜻을 품고 새로 탄생하자.

작은 것의 아름다움을 이웃과 함께 공유하고 더 많이 사랑하며 서로를 아끼고 위해 준다면 더욱 행복한 새 천년의 새 사람이 될 수 있으리라.

흰눈이 소복히 내린 오늘의 축복 속에서 우리는 희망찬 새 천년에 겸허한 자유인이 되자.

이른 아침

산 숲에도 호수에도 흰 눈이 새하얀 빛으로 한 폭의 풍경화를
그려놓은 정경 속에서, 자연과 더불어 살아가는 삶이 되기를 다
짐해 본다. 언제나 삶이 시들지 않고 소생의 기쁨을 누릴 수 있도
록 사랑이 거듭나게 해 주고, 생활 속에서 기쁨을 누릴 수 있도록
도와주는 이른 아침의 태양을 바라보며 잠시 명상에 잠겨 본다.

어려움 앞에서도 절망하지 않고 살아가는 자신이 되고 새 날에
는 세상과 사람을 바라보며 누구에게나 차별없이 인정을 베푸는
희망의 사람이 되자고.

때로는 자신이 부끄럽고 초라하게 느껴질 때가 있다.

그것은 내가 소유하고 있는 것보다 더 많은 것을 소유하고 있
는 사람 앞에 섰을 때이다. 그럴 땐 내 마음이 괜스레 부끄럽고
가난해지는데, 그런 마음을 지금 되돌아본다.

우리 앞에는 누구에게나 오르막길과 내리막길이 운명처럼 놓여 있다.

지난해엔 내게 오르막길이 놓여져 가장 믿어야 할 친지들의 무책임과 불성실과 또한 나 자신의 욕심으로 희망이 무너져 버리고 마음마저 흐트러져 괴로움과 절망의 늪에서 빠져 나오지 못한 해였다. 하지만 내가 돌보아야 할 가족과 친지, 이웃을 위해 사랑과 정성을 다해 다시 시작할 지혜와 용기로 새 날을 맞이하련다.

내가 살고 있는 곳에서 창문을 열면 산이 보이고 호수가 보인다. 사랑으로 가득 차 오르는 아름다운 곳에서 아름다운 것을 기억하며 행복하게 살고 싶은 소박한 꿈이 헛되지 않도록 참됨과 선함과 비록 힘들더라도 내가 먼저 아름다운 집을 짓기 시작하여 더 많은 이웃들과 함께 살고 싶다.

인간의 행복은 먼 곳에 있지 않고 지극히 가까운 곳에 있다. 아침 햇살에 빛나는 작은 꽃 한 송이에도 행복이 깃들어 있고, 하늘을 날고 있는 새들의 지저귐을 통해서도 우리가 일용할 정신적인 양식을 얻을 수 있다.

얼마 전 내가 존경하던 목사님 한 분이 암으로 천국의 길을 가셨다.

슬픔과 절망의 어둠 속에 힘없이 누워 있던 가족들에게 부활의 기쁨과 평화가 스며들 수 있도록 눈부신 태양으로 빛을 주신 것은 그분이 남기신 생전의 모습이었다.

평범하셨지만 어려움 가운데서도 절망하지 않고 가슴엔 사랑을 지닌 따뜻함으로 많은 노인들을 부모님처럼 돌보셨고, 신뢰와 용기로 옳고 그른 것을 잘 분별할 줄 아셨던 목사님이셨다. 그분은 기도로써 누구에게나 친구로 다가서는 이웃이 되신, 말보다는 행동이 앞섰던 환하고 둥근 마음을 우리에게 보여준 기쁨의 달님이셨다. 세월은 저만치 비켜 가고 홀로 일어설 수 있으시도록 남아 있는 유족들을 위하여 기도하고 있을 때 한 장의 편지를 받았다.

그 동안 지극한 사랑으로 고(故) 김창덕 목사님을 사랑해 주심을 감사드립니다.

모든 것을 주님의 뜻으로 받아들이고 슬픈 마음을 가눠 봅니다. 앞으로 목사님께서 못다 이루고 가신 일들을 부족하지만 최선을 다해 노력하겠습니다.

주님께서 말씀하신 '네 이웃을 네 몸과 같이 사랑하라'는 계명을 생활 신조로 삼고 이웃 사랑의 참사랑을 실천하며 살아오신 목사님의 아름다운 뜻을 따라서 기도하며 순종하겠습니다.

지금까지 밝은 집을 염려하며 격려해 주신 사랑에 진심으로 감사드리며 앞으로도 계속적인 관심과 사랑 부탁드립니다.

감사합니다.

밝은 집 원장 심숙희 님의 글을 읽고서 크고 작은 근심으로 초췌해진 모습을 생각하면서, 그녀가 받아야 할 고통과 살아온 날들보다 살아갈 날들이 더 많이 남은 유족들에게, 선과 진리의 길이 외롭고 괴롭더라도 쉽게 절망하지 않도록 한 그루 기도의 나무가 되게 하시고, 자신의 평안한 삶을 잊은 지 오래인 당신의 모습을 생각하면 찡한 마음으로 눈물이 나면서도, 가난하고 병든

이의 마음에 하늘의 별처럼 반짝이는 당신이 계시기에 새 날에 새 삶에 대한 희망은 아직도 우리의 가슴에 남아 있다는 것을 오늘 다시 당신에게 드립니다.

 **별과 달과 당신과**

초판 인쇄	2000년 5월 25일
초판 발행	2000년 5월 30일
지은 이	이영희
펴낸 이	임종대
펴낸 곳	미래문화사
등록 번호	제3-44호
등록 일자	1976년 10월 19일
주소	서울시 용산구 효창동 5-421 ㉿140-120
전화	715-4507, 713-6647
팩시밀리	713-4805
정가	7,000원
ISBN	89-7299-190-2 03810

ⓒ2000, 미래문화사